超级故事大王
CHAOJI GUSHI
DAWANG

吹箫的渔夫

CHUIXIAO DE YUFU

知识达人 编著

成都地图出版社

图书在版编目（CIP）数据

吹箫的渔夫 / 知识达人编著 . — 成都 : 成都地图
出版社 , 2017.1（2022.5 重印）
（超级故事大王）
ISBN 978-7-5557-0502-4

Ⅰ . ①吹… Ⅱ . ①知… Ⅲ . ①童话—作品集—世界
Ⅳ . ① I18

中国版本图书馆 CIP 数据核字 (2016) 第 224782 号

超级故事大王——吹箫的渔夫

责任编辑：马红文
封面设计：纸上魔方

出版发行：成都地图出版社
地　　址：成都市龙泉驿区建设路 2 号
邮政编码：610100
电　　话：028 - 84884826（营销部）
传　　真：028 - 84884820

印　　刷：三河市人民印务有限公司
（如发现印装质量问题，影响阅读，请与印刷厂商联系调换）

开　　本：710mm × 1000mm　1/16
印　　张：8　　　　　　　　　**字　　数：**160 千字
版　　次：2017 年 1 月第 1 版　**印　　次：**2022 年 5 月第 5 次印刷
书　　号：ISBN 978-7-5557-0502-4
定　　价：38.00 元

目录

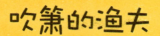

吹箫的渔夫

从前，有一个会吹箫的渔夫，他吹出的乐曲婉转动听，深受人们的喜爱。孩子们只要听了他的乐曲，就会欢快地跳起舞来；病人听了他的乐曲，便忘了钻心的疼痛；农夫听了他的乐曲，一下子就没了疲惫……

渐渐地，渔夫开始变得自大起来，他认为自己的箫声是世界上最美妙的声音。

有一天，渔夫带着他心爱的箫和渔网来到海边。他站在一块突出的岩石上，拿出箫又吹起了动听的乐曲。

这是为什么呢？原来渔夫认为，既然音乐这么好听，鱼一定也会喜欢。它们听到这么美妙的音乐就会自己跳到他的面前来。

渔夫聚精会神地吹了很久，却没有一条鱼跳到他的面前来。渔夫很无奈，只好将箫放下，拿起渔网，向水里撒去，结果捕到了许多鱼。

渔夫将网中的鱼抖落在岸上，鱼儿们开始拼命地挣扎，鱼尾打在地上啪啪直响。

渔夫看到这种情形，生气地说："我吹箫时，你们不跳舞，现在我不吹了，你们倒跳了起来。"

一厢情愿、不切实际的人总是把遇到的问题归咎于别人。

兔子的"新娘"

　　从前，有个漂亮的姑娘和她的妈妈住在一起，她家的院子里种了许多卷心菜。一天，有只兔子来到院子里偷吃卷心菜。妈妈对女儿说："孩子，把兔子赶走，不要让它偷吃我们的菜。"小姑娘来到院子里，对兔子说："兔子，我们家的卷心菜快被你吃光了。"兔子看了看漂亮的小姑娘，说："小姑娘，坐到我的尾巴上吧，我带你去我家好不好？"小姑娘拒绝了。

　　第二天，兔子又来吃卷心菜。小姑娘又出来对兔子说："兔子，我们家的卷心菜快被你吃光了。"兔子说："小姑娘，坐到我的尾巴上吧，我带你去我家好不好？"

小姑娘还是不肯去。

第三天，兔子又来了。妈妈生气地说："孩子，快去把那只兔子赶走，不要让它偷吃我们的菜。"

兔子依旧对跑过来的小姑娘说："小姑娘，坐到我的尾巴上吧，我带你去我家好不好？"这次，小姑娘答应了。她坐到兔子的尾巴上，兔子带着她走了很久才到家。一进屋，兔子就说："小姑娘，我要娶你为妻，我们马上就举行婚礼。你现在开始做饭吧，我去请参加我们婚礼的客人。"兔子把小姑娘带进厨房后，就出去了。

过了一会儿，所有参加婚礼的客人都到了。小姑娘一直伤心地哭着，她十分难过，因为只有她是人。兔子来到厨房说："小姑娘，快出来，客人们都想见见你。"小姑娘一言不发地抽泣着。兔子说："你哭什么呀，今天可是我们结婚的大喜日子，你是新娘，不能哭的，听见了吗？快把眼泪擦干，好出去见见客人们。"说完，兔子就走了出去。

过了一会儿，兔子又进来说："快点儿开饭，快点儿开饭，客人们肚子都饿了。""新娘"还是一言不发，

默默地流眼泪。

兔子说："都告诉你不许哭了，你怎么还哭呀？你不出去见它们就算了，现在你快做饭吧！"说完又走了出去。

不久，兔子又进来对小姑娘说："你快点儿把饭盛在碗里，不许哭了，要是再看见你哭，我就要生气了。"说完，兔子很不高兴地走了。小姑娘不哭了。她找了一个稻草人，然后脱下自己的外衣，摘下帽子，套在稻草人的身上。小姑娘把稻草人立在灶边，在稻草人手里放了一把勺子，把稻草人装成在做饭的样子。做好这一切后，她悄悄地从后门逃跑了。她要回家找妈妈去，她不想做兔子的新娘。

过了一会儿，兔子又来到厨房里喊："快开饭，快开饭！你怎么这么慢呢！让开，让开，让我来！"它一边说着，一边把"新娘"使劲往旁边推，结果把稻草人推倒了。稻草人被炉灶里蹿出的火苗烧着了，兔子的房子也被烧着了，客人们四处奔跑逃命。兔子这才发现"新娘"不是小姑娘。兔子十分难过，因为它的"新娘"没有了，房子也没有了。

麦草、煤块和豆子

在一个偏僻的小山村，住着一个穷苦的老婆婆。这天，老婆婆在山上采了满满一盘豆子。老婆婆高兴极了，准备回家煮着吃。

回到家，老婆婆在火炉里加了一些煤炭，可她觉得这样还不够快，于是又塞了一把麦草进去。等水烧开了，她就把豆子一股脑儿地倒了进去，谁知一粒豆子成了漏网之鱼，从盘子里滚到了一堆麦草上。不一会儿，一块还没烧焦的煤炭也掉了下来，落在了麦草旁的一片空地上。麦草见了两个新朋友，欢喜地问："伙伴们，能告诉我，你们是从哪儿来的吗？"

煤炭吹了吹头上的青烟，说："我是刚从火炉里跳出来的，幸亏我反应及时，不然这会儿早被烧成了灰烬。"

豆子听了，也庆幸地说："我是从盘子里跳出来的，幸亏我反应及时，不然这会儿早被煮成豆粥了。"

听完两位朋友的话，麦草也兴奋地说："我们三个真是太有缘分了。老太婆为了让水早点儿烧开，把我和我的兄弟们塞进了火炉，而我十分幸运，从她的手指缝里溜掉了。"

然而，三个小家伙经过一番简短的庆祝后，没多久又发起了愁。煤炭说："伙伴们，虽然我们都幸免于难，但现在我们该做些什么呢？"

这时，豆子说："我们应该尽早离开这里。共同珍惜这来之不易的机会。"

麦草和煤炭听了，点了点头，都认为这是个好提议，于是它们携手离开了老婆婆的厨房。可没走多久，一条小溪挡住了它们的去路。没桥也没船，这该怎么办呢？三个伙伴一时没了主意。过了很久，热心肠的麦草突然想出了一个好主意："我可以浮在水上面，要不，我给大伙儿铺座小桥。"煤炭和豆子听了，

都高兴得不得了，对麦草的奉献精神大加赞赏。可后来，谁该先过桥，谁该后过桥却成了问题。为此，豆子和煤炭争吵不休。豆子说："我身轻如燕，应该我先过去。"

生来就是一副火爆脾气的煤炭却不同意，它撅着嘴，不平地说："我沉着冷静，走路最稳，不像你蹦蹦跳跳的，没有分寸。"

最后，豆子拗不过煤炭，只好让煤炭先走。煤炭得意极了，一个箭步冲上了麦草桥。

谁知刚一上去，不幸的事情就发生了。煤炭脚下残留的火星引燃了麦草，很快麦草被烧成了灰烬，煤炭沉入了水底。

这时，待在岸边的豆子不但不帮忙，还幸灾乐祸地拍手大笑。它在地上滚来滚去，最后竟把肚子笑破了。眼看豆子就要完蛋了，一个好心的裁缝发现了它，赶紧取出针，用一条黑线将它的肚子缝起来，救了豆子。豆子羞愧地低下了头，连声道谢。

从此以后，豆子的肚皮上就一直残留着一条黑缝。

神秘的小鞋匠

在一个小镇上住着一个鞋匠。他为人憨厚老实，手艺精湛。可他的生意一直不好，最后竟连买皮子的钱都没有了。然而，鞋匠并没有因此而抱怨。虽然仓库里只剩最后一张皮子了，可他还是像往常一样，早早地起来，将皮子打磨光亮，认真地裁剪好，准备天亮做一双新鞋。天亮了，令人意想不到的事情发生了。鞋匠发现皮子竟自个儿变成了一双鞋子。他拿起来一看，手艺一点儿也不差，每一针、每一线都缝得非常结实。这究竟是谁做的呢？

鞋匠正在纳闷呢，这时走进来一位顾客，他一见到鞋子就爱不释手，最后用数倍的价钱买走了鞋。鞋匠开心极了，赶紧用这些钱买回来四张皮子，将它们一一裁剪好。谁知第二天，四张皮子又变成了四双鞋子。虽然鞋匠不知道是谁做的，但他似乎发现了一个致富的门道。从此以后，鞋匠再也不用做鞋了，他只

需将皮子裁剪好放在桌上，到第二天收鞋便是了。就这样，日复一日，年复一年，鞋匠很快就成了远近有名的大商人。

在一个圣诞节的晚上，鞋匠对妻子说："咱们能过上这么幸福的日子，全仗着那位恩人为我们做鞋，可我们连他长什么样都不知道，实在太过意不去了。"妻子说："是啊，每一个懂得感恩的人都会像你这样说的。"于是，鞋匠和妻子决定熬一个通宵，看一看这位神秘的恩人到底是谁。

夜深时，妻子取来蜡烛将工房照得通明，然后和丈夫躲到一个角落里，静静等候着恩人的到来。没多久，从门外走进来两个小人儿，他们见了桌上的皮子，便忙活起来了。不是缝，就是钉，还时不时敲出一阵阵清脆的声响。没多久，一双崭新的鞋子就做好了。等两个小人儿走后，鞋匠和妻子赶紧出来查看，那鞋子不仅结实而且漂亮，看得他们目瞪口呆。

第二天一早，鞋匠对妻子说："两位恩人为我们做了那么多鞋，自己却光着身子没衣服穿，太没道理了。我们何不给他们做一套像样的衣服呢？"听了鞋匠的话，妻子说："不仅如此，我们还应懂得知足常乐的道理，不要再麻烦他们天天为我们做鞋了。"鞋匠听了，点了点头，便为两个小人儿做起了帽子、衣服、袜子等。

　　做完后，他又用感恩的语气给两个小人儿写了封信，信上是这么说的："谢谢你们，我可敬的恩人，没有你们的辛勤劳作，哪有我的幸福生活？愿仁慈的主保佑你们永远快乐。如今，我已经拥有了数不尽的财富，你们再也不用

为我们做什么了，那样只会让我们生活在不安中。"

　　当天，鞋匠就把两套小巧的衣服和书信放在了工房里。晚上，两个小人儿如期而至，发现了桌上两套精巧的衣服。他们开心极了，穿着衣服又蹦又跳。当他们看完鞋匠写的那封书信后，心里更加快乐了。

　　最后，两个小人儿欣慰地点点头，开心地离开了。

黑白新娘

　　有一个农妇带着她的亲生女儿和养女去田里给牲口割草，尊敬的上帝变成一个穷人向她走来。"请问，去村里的路怎么走？"上帝问。

　　"你自己去找吧。"农妇头也不回地答道。

　　"你干吗不自己带个向导呢？真是愚蠢！"农妇的亲生女儿说。而养女是个善良的女孩，表示愿意为上帝带路。

　　上帝对农妇母女很生气，把她们变得又黑又丑。相反，他给了养女祝福，对她说："我将满足你三个愿望。"

姑娘说："我希望像月光一样美丽纯洁。"说完，她立刻变得又白又美。"我还要一个永远装满钱的钱包。"上帝也满足了她。"最后，我希望死后能到天堂。"上帝微笑着答应了，然后就离开了。

农妇母女回到家照镜子，发现自己变得又黑又丑，而养女却变得美丽迷人，心里嫉妒极了。

养女的哥哥是国王的车夫，名叫雷纳。养女很信任他，就把事情的经过告诉了亲爱的哥哥。有一次，雷纳对妹妹说："亲爱的妹妹，我要给你画张像，这样我就能时刻看见你的模样了。"妹妹同意了，但是她请求哥哥，不要让别人看到自己的画像。

一天，国王的侍从在雷纳的房间里发现了这张美丽的画像，马上报告了国王。于是，国王叫人把画像拿来，他惊奇地发现画像上的美丽姑娘竟与死去的王后一模一样，不由得爱上了她。他把雷纳叫来，问他画中的人是谁。车夫只好说了实话。国王决心要娶车夫的妹妹。于是，他准备了车马和婚纱，让雷纳把自己的妹妹接来。

　　看到养女要当王后了，农妇母女俩更加嫉妒她了。于是，农妇用妖术把雷纳弄得昏昏沉沉的，使他的眼睛变得模糊，看不清东西；她又塞住了养女的耳朵，让她听不清楚别人的话。然后，他们就一起上路了。走了一会儿，雷纳说道："坐好呀，我的好妹妹。别让雨水淋着你，别让凉风吹着你，打扮漂亮去见国王。"

　　养女只听见哥哥的声音，却听不清他在说什么，便问："我哥哥在说什么？"农妇回答："他让你把自己身上的衣服给

你妹妹。"养女就脱下了漂亮衣服，递给妹妹，自己穿上了一件又破又旧的衣服。

过了一会儿，雷纳又说道："坐好呀，我的好妹妹。别让雨水淋着你，别让凉风吹着你，打扮漂亮去见国王。"

养女又问："我哥哥在说什么呀？"农妇说："他叫你把自己的帽子给你妹妹。"养女就摘下了那顶镶着花边的漂亮帽子，给妹妹戴上了，自己戴上了一顶又破又旧的帽子。

又过了一会儿，雷纳又说道："坐好呀，我的好妹妹。别让雨水淋着你，别让凉风吹着你，打扮漂亮去见国王。"

养女依然听不见哥哥关心的话，问："我哥哥在说什么？"农妇说："他让你向车外看看。"当时他们正行驶在河边，当养女探头向车外看的时候，狠心的农妇母女竟把她推下了河。养女掉进河里，立刻变成了一只白鸭。

到了宫殿，眼睛模糊的雷纳没发现车里坐的是别人。国王见接来的人又黑又丑，非常生气，就把雷纳关进了黑暗的地牢。农妇又用妖术刺伤了国王的眼睛，让他和自己的女儿结了婚。

国王结婚后的一天，一只白鸭从下水道游进了厨房，对厨师说："请生上火，让我取取暖吧！"厨师照办了。

　　白鸭走到炉边，立刻就变成了一位美丽的少女。她问："我的哥哥雷纳在干什么？"厨师说："他被关在地牢里。"她又问："那个黑新娘在干什么？"厨师回答："她正和国王在一起。""上帝，救救我吧！"少女说完，就变回白鸭从下水道游出去了。

　　第二天晚上，白鸭又来了，第三天晚上，还是如此。厨师觉得事情很古怪，就报告了国王。国王听后，决定亲自去看看。当天晚上，他等在厨房里，看见白鸭变成了画像上的姑娘。国王非常高兴，立即脱下自己的披风披在姑娘的身上。养女将自己的遭遇告诉了国王。

国王很生气，要立刻下令杀掉农妇母女，娶养女为妻。"不行，我现在中了妖术，天亮后我又会变成白鸭！"养女说，"你必须先知道解除妖术的方法，救出我，再杀掉她们。"

这时，天亮了，养女又变回了白鸭。"亲爱的新娘，"国王抚摸着白鸭的羽毛说，"我一定会救你的。"他刚说完，白鸭就游走了。国王怀着悲伤和愤怒的心情离开了。

当天，国王就宣布举行盛大的宴会，以表示他对妻子的爱。农妇母女高兴极了，宴会上，她俩喝了很多酒。

趁着农妇喝醉的时候，国王忙问："我亲爱的母亲，您是全国最聪明的女人，我想您一定知道如何让变成白鸭的姑娘再变回来吧。"

"当然了！"农妇卷着舌头说，"只要砍下白鸭的头就行了。"知道了解救养女的方法，国王高兴极了，但想到要亲自砍下自己心上人的头，他又觉得很痛苦。

这天晚上，他和白鸭在厨房相见了。"亲爱的新娘，巫婆说要砍下你的头才能解除妖术，可是，我不忍心呀！"国王痛苦地说。

白鸭说："亲爱的国王，我愿意承受一切痛苦，请挥动你的宝剑吧！"于是，国王流着眼泪，用自己的宝剑砍下了白鸭的头。白鸭立刻就变成了亭亭玉立的少女。他们快乐地拥抱在一起。

第二天一早，国王就来到农妇那里，不动声色地问："如果我的国民为了欺骗别人而做了恶毒的事，我该怎么惩罚她呢？"

农妇没有察觉出是怎么回事，就说："脱光她的衣服，她钻进钉满铁钉的木桶，把桶套在马上，让马拉着桶从山顶跑到山脚。"

"很好，那你就来尝尝这种惩罚吧！"国王就用这种方法惩罚了干尽坏事的农妇母女。

国王终于和美丽的养女结了婚，还奖赏了她的哥哥和那位厨师，让他们成了富有的贵族。

玻璃瓶里的妖精

很久以前，穆塔河边有一间破旧的木头房子，穷樵夫和他的儿子住在房子里。樵夫每天上山砍柴，让儿子在家用功读书。

一年一年过去了，樵夫老了，砍的柴越来越少，父子俩的生活也越来越艰难。

这天，老樵夫卖柴回来，坐在门外暗自流泪，自言自语："如果我以后再也不能砍柴了，还怎么供我的儿子读书啊？"老樵夫的话被儿子听见了。

"爸爸，让我和你一起去砍柴吧。"孝顺的儿子向父亲请求道。可是家里只有一把斧头，他无法同父亲一起上山砍柴。

于是，老樵夫向邻居借了一把斧头，可是邻居是一个非常小气的人，他要求老樵夫还两把斧头才行。老樵夫没有办法，只好同意了。

儿子帮父亲做工很勤快，不到中午就砍了一大捆柴。中午到了，父亲坐下来休息，儿子拿着饼边吃边走，不知不觉到了森林深处。他有些累了，便背靠着大树坐了下来。

这时，他听见一个声音从背后传来："放我出去！快放我出去！"可四周一个人也没有呀。他循着声音找了半天，终于在橡树根下发现了一个玻璃瓶，瓶里装着一只很像青蛙的小东西。它在瓶里不停地跳着，叫嚷着。

好心的少年将瓶塞拔掉，瓶子里的东西化做一股青烟蹿了出来，变成了一个可怕而巨大的妖精。妖精出来以后，不但不感激少年，反而要拧断他的脖子。

少年十分后悔，但他是一个读过书的聪明人，他看了看妖精，壮着胆子说："我救了你，你不感谢我就算了，为什么还要害我呢？"

"我是吸人血的妖精，当我还在瓶子里的时候，我就发誓要拧断放我出来的人的脖子。"妖精冷笑着说。

少年眨眨眼睛，想到了一个好办法。他对妖精说："你在说谎吧，你这么巨大，怎么能待在瓶子里呢？如果你能够再回到瓶里让我看看，我就相信你的话，并任你处置。"

妖精哈哈大笑，说："这太简单了！"说完，它神气地又变成青烟钻进了瓶中。

少年赶紧拿出瓶塞堵住了瓶口。妖精这才知道上了当，苦苦哀求："善良的人，我求求你，放我出去吧，我会好好报答你的！"

　　少年心软了，再次把妖精放了出来。这一次，妖精送给少年一块拇指大小的金块，告诉他："你只要用金块擦一擦金属，金属就会变成银子；你用金块擦一擦伤口，伤口就会立刻痊愈。"

　　少年半信半疑地拿着金块回到了父亲身边，悄悄拿出金块在斧头上擦了擦，斧头转眼间变成了闪闪发亮的银斧头。少年拿着银斧头往树上砍去，斧刃却卷了起来。

　　父亲看见儿子弄坏了邻居家的斧头，担心地说："这可怎么办呢？可要还两把斧头呀！"

　　看见父亲急得团团转，少年不慌不忙地说："父亲，我有办法赔两把斧头给邻居。"

　　第二天，天还没有亮，少年就拿着银斧头离开了家。穷樵夫的儿子进了金铺，金铺老板嘲笑他道："这不是穷樵夫的儿子吗？你是想买东西呢，还是想卖东西？"

　　少年没有理会他，从身后的破衣服里拿出了银斧头。

　　金铺老板看见拿在少年手里的银斧头，瞪大了眼睛，态度立刻改变了："天哪！好名贵的斧头！小伙子，你准备卖吗？我一定会给你最好的价格的。"

　　少年用斧头从金铺老板那儿换回了四百元钱。他拿着钱高高兴兴地回到家，看到父亲还在为怎么还邻居的斧子而发愁，便掏出四十元钱交给父亲，让他还给邻居。

父亲感到很奇怪，儿子怎么突然有了那么多钱？于是，少年便把自己的奇遇原原本本地告诉了父亲。

从此，父子俩过上了舒舒服服的日子。少年交了学费，重新回到了学校。他不仅成绩优秀，而且心地善良，经常帮助穷人，送给他们衣服和粮食。

邻居知道了，心里羡慕不已。他很后悔当初逼着他们还两把斧子，如果不是那样，现在他也可以从樵夫那里得到一些东西了。

少年长大后，经常想起那个吸人血的妖精。于是，他去了以前砍柴的地方，找遍了所有的树根，却没有再找到它。

金山国王

很久很久以前，一个商人因好赌，一夜之间从富翁变成了穷光蛋，再也不是那个腰缠万贯、一呼百应的体面人了。渐渐地，朋友们都纷纷离他而去。为此，商人非常难过。

一天，商人独自在田野徘徊，无意间遇到了一个小矮人。小矮人告诉他："只要在十二年后，你能够把今天回家所遇到的第一个东西给我，我就能让你变得比过去还富有。"

商人听了，开心极了，立即答应了下来，因为他觉得自己回到家第一个遇到的东西肯定是自家的狗，而一只狗和其他东西比起来，是不值得保留的。然而，让商人万万没有想到的是，这天他回到家，自己的儿子竟然跑出来紧紧地抱住他的腿。商人非常吃惊，也很担心，但他还是希望这只是小矮人和他开的一个玩笑。

第二天，商人上阁楼整理东西想拿去卖掉，突然发现阁楼上堆满了金子。于是，他靠这些金子再一次发了财，变得比以前更加有钱了，心里别提有多开心了。而那些离他而去的朋友们，再也没脸和他交往了。

转眼十二年的期限就要到了，商人一天比一天忧虑。儿子发现父亲有心事，便问他发生了什么事。商人把一切都告诉了儿子。可是儿子看起来不难过也不害怕，他说："爸爸，不用烦恼，我会给小矮人一个交代的。"

到了与小矮人约定的日子，父子俩一起前往指定的地方。儿子在地上画了一个圆圈，和父亲一起站在圆圈中间。不一会儿，小矮人来了，他向商人索要自已应得的东西。但是儿子说：

"你这个骗子，设计骗了我父亲，我们什么也不会给你的。"

于是双方不停地争吵，最后，大家决定让上天来裁决。富人把他的儿子放在一个敞篷的小船里，把船推到河中心，任它漂流，看儿子会有什么命运。但是小船并不稳，不一会儿就翻了。商人以为自己的儿子已经死了，伤心地回了家。

可是，儿子并没死，他顺流而下，来到一座叫金山的城堡。城堡里有一条白蛇，她是一位被施了魔法的公主。少年费尽艰辛解救了公主。他们结婚了，少年成了金山国王。

结婚后，少年和公主生活得非常幸福，还生了一个儿子。但金山国王时常想念自己的父亲，很想回家看看。虽然王后不愿意，但是看到丈夫这么坚决，就给了他一枚戒指，说："把这枚戒指戴在你的手指上，无论你想要什么，它都会带给你的。但是，请你答应我，千万不要把我带

到你父亲面前。"金山国王痛快地答应了。

金山国王戴上戒指，许愿说回到父亲的身边。一眨眼的工夫，他就来到了父亲的家门口。他看到年迈的父亲，急忙奔了过去。

但是商人并不相信这个少年就是自己的儿子，也不相信他所说的什么国王，他以为自己的儿子早就死了。金山国王为了证明自己说的都是真的，就转动戒指，让王后和自己的儿子来到面前。

王后哭着对金山国王说："你违背了誓言，你不该让我来！"

商人看到这些，终于相信少年是自己的儿子，赶紧让他们进了屋。王后虽然表面上看起来很平静，但是内心十分怨恨金山国王的所作所为。于是，趁着金山国王睡着的时候，王后偷偷地摘下了那枚戒指，回到了自己的宫殿。金山国王醒来后发现妻子不见了，手上的戒指也不知去向，就打算自己走回金山国去。

在路上，他看到三个巨人正在为争遗产而吵闹。巨人们看到金山国王，就请他帮忙分配三件宝物：第一件是一把宝刀，拿着这把宝刀只要说一声"砍下他的头"，被指的人的头就会立刻被砍下来；第二件是一件隐形披风，穿上它除了可以隐身外，还可以随意变化；第三件是一双鞋子，穿上后，无论你想到哪里，它马上就可以带你去。

金山国王说："让我先试试这些宝贝是不是有用吧！"于是，他穿上披风和鞋子，拿起宝刀，许愿说："让我回到金山国吧！"

一眨眼的工夫，他就到了那里。巨人们现在什么也不用争了，他们什么宝物也没得到。金山国王虽然回到了自己的国家，却并不高兴，因为他听说，王后要与另外一个王子结婚了。金山国王非常生气，他披着披风，来到城堡，站在王后身边。没有人能看到他，他想做什么就做什么。他想捉弄王后，于是，

他把仆人端给王后的食物吃掉，把王后杯子里的葡萄酒喝掉。

王后非常恐惧，回到自己的房间放声大哭："天哪！我到底做错了什么？我的丈夫为什么还不来救我呢？"金山国王在一旁听到了，说："虽然你曾经抛弃了我，可我还是会原谅你。"于是，他脱下披风，现出原形，牵着妻子走了出去，对大家说婚礼结束了，以前的金山国王已经回来了，让大家离去。可是那些人都非常刻薄，他们嘲笑金山国王，还要来抓他。金山国王抽出宝刀，念了咒语，那些人纷纷逃走了。一切结束后，他又成了金山国王。

不说谎的人

从前，有一个穷苦的老农民。临死前，他把一张弓、一把旧宝剑和一支笛子给了儿子斯温。等把父亲安葬后，斯温就带着这些东西出发了。这天，斯温来到了国王的都城，恰好遇到国王在招总管，他决定去碰碰运气。

"看你背着一把弓，射箭的技术应该不错吧？"国王问。

"比我射得好的人还很多，不过让我射中公主手中的樱桃核应该没有问题。"说完，斯温举弓便射，只听"啪"的一声，樱桃核被射中了。

"那你的剑舞得也同样好吗？"国王高兴地问。

"比我好的人一定还有。"斯温回答道。

"你真是一个奇怪的小伙子，"国王不解地说，"别人都喜欢把自己说得非常好，而你似乎并不这样想啊。"

斯温说："我也想说自己样样都很棒，但事实并非这样。我只是不想说谎。"

"你说谎！"国王吼了起来，"世界上没有从不说谎的人。"

这时，远处跑过来一只猫。斯温轻轻一挥剑，把剑上那根最细的猫毛呈给国王看。

"把你的音乐天赋也拿出来给我们看看吧。"国王看到斯温还有一把笛子，又提出了要求。轻柔的笛声响起，在场的人都陶醉了。

"好吧，你就留下来做我的侍卫，今晚你就得站岗。我们先去吃饭吧！"说完，国王把斯温领到宴客厅，还把最好的菜放到他面前。吃完饭，国王吩咐斯温在他的卧室门口站一晚上。

"当心，别睡着了。否则，你的脑袋就不保了。"国王叮嘱道。

　　为了让自己保持清醒，斯温一直都站在风口上一动不动，让冷风吹着自己。可是不知道为什么，他觉得今晚特别特别困。最后，他竟然不知不觉睡着了。

　　第二天，斯温还是在国王起床前醒来了。

　　"把王冠拿给我！"国王洗漱完毕后，吩咐道。

　　"王冠没有了。"斯温答道。

　　"不要跟我开玩笑。"国王严肃地说。

　　"是真的。"

　　"那把金表给我。"国王又说。

　　"金表也不见了，它们都被贼偷走了。我在站岗的时候睡着了。"斯温回答说。

　　"看来你死定了。"国王生气地吼道，"那你怎么不逃走？"

　　"如果我走了，你怎么砍我的头呢？"斯温回答。

　　这时，公主恰好过来给国王请安。听了国王和斯温的对话后，公主苦苦地哀求国王饶恕斯温。"我相信，斯温没有什么过失。他决不会在站岗时睡着。一定是哪个嫉妒他的坏蛋陷害他。"公主争辩道。

"公主，谢谢你这么信任我。但是，我真的在站岗的时候睡着了。"斯温平静地说。

"哈哈哈哈！"国王忽然大笑起来，说，"斯温，你真是一个不会说谎的好人呀！其实，是我昨天故意在你的食物里放了安眠药。等你睡着后，我拿走了王冠和金表，并且我还打开了后门。可是，你并没有逃走。面对砍头的危险，你还是坚持说了实话。"

"哦！"斯温恍然大悟，说，"原来你在考验我。你欺骗了我，是不是应该受到处罚呢？"

"哈哈！"国王没有责怪斯温那么大胆的话，反而兴致勃勃地说，"你要我受什么样的处罚呢？把公主许配给你，可以了吗？"

公主听了，脸上立刻泛起了红晕。其实，从她刚才为斯温辩解的样子，国王就知道她爱上斯温了。当然，斯温见公主那么维护和相信自己，心里非常感激。并且，公主本身也是个美丽的姑娘，斯温自然也爱上了公主。

　　第二天，国王为斯温和公主举行了婚礼。婚礼上，斯温换上了华丽的礼服，他和公主站在一起，就像是从画中走出来的漂亮人物。

　　在他们卧室的墙上，挂着斯温的弓、剑和笛子。"亲爱的，除了它们，我一无所有。"斯温搂着妻子说，"可是，是它们让我和你在一起的，它们已经是我最重要的东西了。所以，现在我要把它们都送给你，好吗？"

　　就这样，斯温和公主开始了自己的幸福生活。

农夫与魔鬼

　　从前，有一个农夫，别看他出身卑微，没读过书，可要论智慧，他比那些夸夸其谈的王公贵族厉害得多。

　　一天傍晚，农夫干完活，正准备回家。突然，他发现田里竟燃起了大火。农夫慌了手脚，跑过去想探个究竟。原来是一个浑身黝黑的魔鬼在烧一堆财宝玩儿。

　　农夫见了，大声问道："你烧的这些东西是财宝吗？"魔鬼回答说："对，没错！"农夫接着说："你在我的田里烧财宝，那这些财宝就该归我所有。"魔鬼满不在乎地说："你喜欢，统统拿去好了，我可不在乎这些东西。不过，明年你得把一半的庄稼给我。"

"好的，没问题。"农夫觉得这笔交易很划算，就答应了，并与魔鬼约法三章，"那就地上的给你，地下的归我，好吗？"魔鬼听了，满意地点了点头，高高兴兴地走了。

第二天，聪明的农夫就把地里种的草莓全拔掉，改种了胡萝卜。到了收获的季节，魔鬼提着篮子来收农夫的草莓，才知道自己上当了。按照约定，地上的归魔鬼，地下的归农夫。于是，魔鬼只得到了一篮子萝卜叶。魔鬼不服气，赶紧把约定改成了地下的归自己，地上的归农夫。农夫听了，毫不犹豫地答应了。

第二年春天，聪明的农夫种了麦子。等麦子熟了，魔鬼自然收不到地下的胡萝卜了。最后，魔鬼气得一句话也说不出来，它扒开一条地缝钻进去了。

三兄弟

很久以前，有一个老人，他膝下有三个儿子。老人深知自己时日不多，便想着法子让三个儿子多分得一些财产，可他除了这栋房子外，再也没有什么像样的财产了。到底该把房子分给谁呢？老人想来想去拿不定主意，因为每一个儿子他都非常喜欢。

有人得知老人的烦恼后，便向他建议："你可以把房子卖掉换成钱分给他们呀，这有什么难的？"老人却说这房子是祖上传下来的，说什么也不肯卖掉。

一天，老人看着三个碌碌无为的儿子，灵机一动，有了主意。他把儿子们叫到床前，说："孩子们，我即将升入天堂，也没什么可留给你们的。你们现在就去学一门手艺，谁的手艺学得最精湛，我就把这套老房子留给谁，你们觉得如何？"

三个儿子听了，都觉得这个主意很公平，就一起离开了家，向城里走去，并约定好三年后回家比试。

不久后，三个兄弟都各自找到了自己喜欢的技艺。老大来到铁匠铺，跟着一个铁匠学起了打铁。老二跟着一个剃头匠学起了修面。老三则打算做一名剑客。幸运的是，他们三个都有一位不错的师傅：老大的师傅是为国王钉马掌的铁匠，老二的师傅是专为达官贵人修面的剃头匠，老三的师傅则是一位战功卓著的骑士。

老大和老二在学习本领时，都非常顺利，几乎没有吃什么苦，为了得到房子，他们拼命地干活。而老三就惨了，他被骑士打得遍体鳞伤，不是被罚就是干重体力活，似乎没学到什么本领。可骑

士不这样认为，他对心灰意冷的老三说："孩子，请记住，要学到真正的本事，不吃苦是绝对不可能的。你现在吃苦越多，本领就越强。"虽然老三对骑士的话有些半信半疑，但为了学到本领，他还是咬牙挺了过来。

转眼间，三年过去了，三兄弟按约定回到了家，回到了父亲身边。可是，他们该怎么展示各自的技艺呢？

三兄弟正为此烦恼，这时，门外突然出现了一只兔子。老二见了，如获至宝，他赶紧把兔子抓进屋，像模像样地给兔子理了一个最新潮的胡子。

父亲见了，笑得合不拢嘴，对老二的手艺大加赞赏。没过多久，一辆马车从门前路过。老大见机会来了，赶紧跑上去，给马的脚掌钉上了一串串结实的钉子，漂亮极了。

父亲见了，连声说道："不错不错，干得又快又好，看来房子应该给你才对。"

听父亲这么一说，老二不服气了，和老大争论了起来。就在

这时，天空突然下起了小雨。老三见了，不慌不忙地冲到雨中，舞起了剑。雨越下越大，老三的剑也舞得越来越快，没多久，大家只能看到剑模糊的影子。

雨停后，老三收住剑给大家看：他的衣服上面竟然连一滴雨点也没有，这真是太神奇了。父亲和其他两个兄弟见了，都不禁连连称赞。

最后，老三无可争议地得到了房子，两个哥哥口服心服。然而，老三并没有把哥哥们赶出家，而是让哥哥们留了下来。哥哥们感动极了，再也不争强好胜了。他们团结起来，靠着各自的本领挣了许多钱。

后来，三兄弟相继去世了。人们都非常敬佩他们，便把他们合葬在了一起，成了兄弟亲如手足的典范。

阿诗玛

很久很久以前，有一个美丽能干的女孩叫阿诗玛。火把节那天，阿诗玛遇到了勤劳勇敢的小伙子阿黑哥。阿黑哥不仅会吹笛子、弹三弦，骑马、射箭也很厉害。阿黑哥爱上了阿诗玛，两人订下了亲事，日子过得非常幸福。

一天，阿诗玛去城里赶集，不料被财主热布巴拉的儿子阿支看上了。阿支见阿诗玛长得亭亭玉立，楚楚动人，非要娶阿诗玛为妻不可。

　　财主请来能言善辩的媒人，带着丰厚的礼物去提亲。阿诗玛说："不，我只爱阿黑哥，你们还是回去吧。"

　　媒人不甘心，威胁说："如果不肯嫁，老爷发火跺跺脚，山都要摇三摇。"阿诗玛一点儿也不害怕，还是将媒人赶了出去。

　　转眼秋天到了，阿黑哥赶着羊群去南方放牧。财主派打手和家丁抢走了阿诗玛。

　　阿支拿出珍珠和宝石，说："只要跟着我，这些都是你的。"

　　阿诗玛说："我不稀罕。"

　　阿支又拿出用金线编织的衣裙，说："只要跟着我，这些都是你的。"

　　阿诗玛还是说："我不稀罕。"

　　阿支很生气，说："如果不从我，我就狠狠地鞭打你。"

　　阿诗玛还是不答应。财主一急，将阿诗玛打得遍体鳞伤。

　　阿诗玛被关进了黑牢，她对鸟儿说："快去帮我找到阿黑哥，让他来救我！”

阿黑哥正在牧羊，小鸟飞来说：“快回家，阿诗玛有危险！”

阿黑哥骑上快马，连夜走过三座大山、六个悬崖、九条大河，来到了财主老爷家。

为了不让阿黑哥带走阿诗玛，热布巴拉父子出了许多难题来刁难阿黑哥。

财主说：“你必须和我儿子对歌，赢了才准进门。”阿黑哥站在黄果树下，一首接一首，唱得阿支一句也对不上来。

最后财主说：“今天太晚了，明天我再放阿诗玛出来。”

到了半夜，财主让家丁放出三只饿虎，想要咬死阿黑哥。

阿黑哥拿出弓箭连射三下，老虎纷纷倒地。财主耍赖关上了大门，坚决不放阿诗玛。阿黑哥将第一支箭射进了财主家的大门，大门立即打开了。第二支箭射

在屋梁上，房屋开始摇摇晃晃。第三支箭射在供桌上，吓得财主脸色苍白，他马上放了阿诗玛。

看着阿黑哥带走了阿诗玛，热布巴拉父子才不肯善罢甘休呢。很快，他们又想出了一条毒计。

知道他们要过河，财主和家丁搬掉了上游的岩石，滚滚洪水顷刻涌下来，将阿诗玛卷进了旋涡中。阿黑哥拼命想要拉住阿诗玛的手，却被洪水冲开了。他到岸边寻找阿诗玛，一直找到雨天变晴天，大河成为小河。

最后，他在石林中发现了一尊酷似阿诗玛的石像。阿黑哥悲哀地喊了一声："阿诗玛！"

石像也同样应声："阿诗玛！"

阿黑哥对着石像弹三弦、吹笛子、唱山歌，石像就会和着弦音和笛声，唱起山歌来。

夺宝男孩

很久以前，有一户穷苦人家住在黄河边上，依靠每日割芦苇、编杂物为生。有一天，穷人家的儿子在河边割芦苇，太阳照得河水闪耀着粼粼波光。

突然，男孩想起父亲曾讲过，河的最深处有许多珍宝，被一条叫做骊龙的凶猛黑龙守护着，便自言自语："与其这样天天受苦，不如下去拼一拼，苦和累就这一次。说不定能得到一个宝贝，从此家人就不用挨饿了。"于是，他脱下衣服，一头扎进了深不见底的河里。

刚开始，男孩还能看到身边有鱼儿。越往下游，鱼儿和水草都不见了，光线也越来越弱。

就这样，男孩游啊，游啊，四周漆黑一片，他彻底迷失了方向，不知道该往哪里游才好。

突然，男孩的眼前出现了一缕闪烁不定的亮光。他用力游了过去，发现了一颗巨大的明珠。男孩稳住步伐，调整了一下

呼吸，将手伸过去使劲一拽，把明珠搂在了怀里，然后快速地游啊游，浮出了水面。

男孩回到家，将硕大的明珠交给了父亲，还把自己在水底的经历叙述了一遍。

父亲惊呼起来："这颗明珠是长在黑龙下巴底下的那颗，你摘它的时候黑龙肯定在睡觉。它要是醒着，你可就没命了。"

男孩说："辛苦冒险一次，全家都能得到安宁，这样的冒险值得！"父亲将明珠拿去换回了很多钱，买了一块地，他们一家终于过上了富裕无忧的生活。

半拉子鸡

　　母鸡妈妈安静地坐在草垛上，享受着初夏里和煦的阳光，身下是它的宝贝鸡蛋。母鸡妈妈正满怀喜悦地等待自己的宝贝们出世呢。

　　"啪啦"一声，其中一个鸡蛋壳裂开了。紧接着又是一阵蛋壳裂开的声音，小鸡一个个露出毛茸茸的小头，蹬掉身上的蛋壳，跳了出来。母鸡妈妈脸上的笑容也越来越灿烂，它用翅膀上的羽毛在小鸡们的身上轻轻地摩挲着。

　　"咦？"母鸡妈妈突然摸到一个光滑的鸡蛋，原来还有一只鸡没孵出来呢。母鸡妈妈正准备继续坐上去孵化，忽然，那个鸡蛋也裂开了一条细微的缝，一只小鸡正用它的小嘴啄开蛋壳呢。那些先孵化出来的小鸡和母鸡妈妈都过来围观。

　　"呀！"等这只小鸡跳出蛋壳的时候，小鸡们和母鸡妈妈都惊呼起来。

　　原来，这是一只非常奇怪的小鸡，它除了头是完整的，身上其他部位，例如嘴啊，翅膀啊，腿啊，眼睛啊，通通只有一半。所以，大伙儿都叫它"半拉子"。

　　半拉子虽然长得十分与众不同，但是它一点儿也不自卑，反而很勇敢。它告诉妈妈，它要到外面的世界去看看。虽然妈妈极力反对，但是最后还是拗不过半拉子，只好同意了。临走时，那些小鸡还嘲笑它，说它不知天高地厚，很快就会灰溜溜

地跑回来的。

一路上，半拉子的确遇到了很多困难，但是它都勇敢地面对，从来不逃避。那些困难一个接一个被半拉子解决了，半拉子独立生活的能力也越来越强了。

一天，半拉子在森林里遇到了小溪，它发现溪水被水草缠着流不动了。虽然天气很寒冷，水很凉，半拉子还是勇敢地用自己的半张嘴和半只翅膀挑走了水草。"哗啦哗啦！"小溪开心地笑了，它对半拉子说，"谢谢你，我会报答你的。"

后来，半拉子又在森林里遇到了篝火，它因为没有木柴，快要熄灭了。半拉子为篝火捡来了好多枯枝，让篝火可以重新旺起来了。

"唉！"半拉子路过一棵大树时，隐约听到了一声叹息，那叹息声里有着伤心和无奈啊。半拉子抬头一望，原来是风姑娘被大树的枝条阻挡着，走不了了。"别急，"半拉子安慰风姑娘道，"我来帮你吧。"说完，半拉子用自己的半张嘴开始啄起大树来。那又厚又粗糙的老树皮，把半拉子的嘴都弄痛了。半拉子并没有放弃，反而越来越用力。后来，大树忍不住疼痛，抖动了一下树枝，风姑娘趁机逃走了。

当尖尖的高塔、矗立的大楼、美丽的街心花园展现在半拉子眼前时，它知道它终于来到了一个自己希望到达的地方。"这里的世界一定会非常精彩。"半拉子在心里暗暗地想。

突然，一只肥胖的大手抓住了它，原来半拉子被一个胖厨师发现了。

"哈哈，一锅美味的鸡汤和鲜嫩的鸡肉就要上桌了。"胖厨

师说着就把半拉子扔进了锅里。他在锅里加满了水，并在灶下生起了熊熊的大火。"你不认得我了吗？"水一边远离半拉子，一边说道，"我是你救过的小溪啊。我说过要报答你的。"

就这样，水只在半拉子身边打转，却一点也不碰它。灶里的火看到了半拉子，也想起它曾经在森林里救过自己，于是也使劲地把自己的头向灶外偏去，结果半拉子一点也没被烫着。

过了一会儿，胖厨师想来看看自己的鸡汤怎么样了。他刚一揭开锅盖，半拉子就跳了出来，拼命地往外跑。

可是，它只有一只脚，哪里是厨师的对手呢。厨师很快追了上来，抓住了半拉子的尾巴。半拉子用尽全身力气跳了起来，挣脱了厨师肥大的手。厨师正准备扑过去，突然，他看到半拉

子竟然飞了起来，而且越飞越高，自己根本够不到了。

　　原来，风姑娘在附近游玩的时候，发现了半拉子。它卷下来一团云把半拉子稳稳地托到空中，向远方飞去。

　　"多漂亮的教堂啊。"半拉子经过教堂时感叹道，"不过教堂的塔尖更好看。"于是，风姑娘把半拉子放在了塔尖上，让它好好地欣赏整个城市的风景。这些风景是半拉子那些胆小的兄弟姐妹永远无法看到的。

金蕨花

　　每年圣诞节前夜，森林里会开出一朵金蕨花，得到它的人，就可以得到永久的幸福。雅克自幼熟悉这个传说，暗自发誓："我一定要拥有它！"

　　又到了圣诞节的前夜，十七岁的雅克信心百倍地走进了森林。历经千难万苦，他如愿找到了金蕨花。金蕨花说："你愿意任何时候都不同任何人分享自己的幸福吗？如果你答应，我就让你享受永久的幸福。"

　　雅克毫不犹豫地点点头，说："让我成为一个大老爷吧！"话音刚落，他立刻穿上了奢侈的服装，走进了一座高大的城堡里，开始尽情地享受，完全不去想家里的亲人。他不知道，就在这段时间里，父亲为了寻找他摔断了大腿，母亲因思念儿子茶饭不思。

　　几年过去了，雅克厌倦了自己的幸福生活，一心只想见父母。雅克坐进马车，说："带我回家去看一看！"话音刚落，他就停在自家破旧的小院里，看到瘦弱的妈妈走出来，雅克赶紧迎了上去，叫了一声"妈妈"。

　　老太太说："不！你是尊贵的大老爷，我的儿子如果还活着，不会让自己的母亲在家受苦。"

　　雅克哭了起来，正想掏出身上的金币，耳边突然响起了金蕨花的警告。雅克不想失去幸福，马上停止了动作，硬着心肠离开了小院。

　　回到城堡的雅克继续享受富贵生活，可母亲的样子总会浮现在他的眼前。雅克终于忍不住了，再次回到自家小院。此时，他的母亲卧床不起，父亲在几天前被饿死了。雅克真想马上进屋探望母亲，也真想掏出金子留到门外，但他再一次害怕了，奔跑着离开了家。

　　之后的日子里，无论雅克怎么唱歌跳舞，怎么尽情喝酒，都无法得到一丝的快乐。雅克最后决定说："无论发生什么，我都要回去帮助他们！"

　　等到雅克回到小院，母亲却早已离开了人世。雅克悔恨不已，说："都是因为我的自私，他们才失去了生命。让我也死了吧！"话音刚落，雅克就掉进了大地裂开的口子中，再也没有出现过。

翡翠戒指与魔王

汉克斯是一个健壮的勇士，有一天，国王召见汉克斯，说："亲爱的汉克斯，快去救我那失踪多年的女儿吧，祝你好运！"于是，汉克斯带着宝剑出发了。

穿过一座茂密的森林时，一个女孩拦住他，说："我要给三个朋友分配驴子，要是你能让大家都满意，我就放你过去。"汉克斯砍下驴头交给蚂蚁，砍下驴子的大腿交给鹰，最后把驴子的身体交给狮子。女孩很高兴，送给汉克斯一个翡翠戒指，说："对着戒指呼喊，你就能变成世界上最凶猛的狮子、最强健的鹰、最微小的蚂蚁。"

汉克斯来到妖怪的城堡，对着戒指说："让我变成一只鹰吧！"他变成鹰飞上紧闭的窗户，又变成一只蚂蚁爬进金房，看见美丽的公主正在哭泣。汉克斯爬到女孩耳边说："亲爱的公主，我奉国王之命前来救你出去。"

公主用手捧起了小蚂蚁，说："我们得想办法先除掉妖怪的灵魂才行，否则他永远也不会放过我。"接下来，公主用佳肴美酒迎接妖怪，假意说："亲爱的，我现在可爱你了。能告诉我你的灵魂在哪里吗？那样我会更爱你。"

妖怪得意地说："宝贝！我的灵魂藏在一个最隐蔽的地方，我只告诉你一个人。"

　　原来呀，森林里有一头勇猛的黑狮子，它的肚子里生活着一只勇猛的黑鹰。黑鹰的肚子里有一个坚硬的黑蛋，妖怪的灵魂就藏在黑蛋里。要是用黑蛋打妖怪的额头，黑蛋就会破碎，灵魂就会散开，妖怪就会马上死掉。汉克斯立即穿过墙壁缝隙，变成老鹰飞到了森林。他变成世界上最凶猛的狮子，咬死了大树下的黑狮子；又变成世界上最神速的鹰，咬死了黑鹰。城堡的妖怪一阵阵难受，喘着粗气跌倒在地上。

　　汉克斯拿着黑蛋回到城堡，狠狠地砸向妖怪的额头。随着黑蛋四分五裂，妖怪永远消失了。汉克斯带着公主回到皇宫，得到了很多很多的赏赐。

小穆克

　　小穆克的身材非常奇怪。他有一个大大的脑袋，比南瓜还大，但是身子却很瘦弱，四肢也很短小。如果你在路上看到他，一定会担心他时刻要摔倒。正是因为他奇怪的身材，他的父亲和亲戚都不喜欢他。

　　在一个雨天，小穆克的父亲摔断了腿，再也没有好起来。亲戚们也不照顾小穆克，而是把他撵出大门，让他出去自食其力。于是，小穆克带着父亲的一件旧衣服、一条宽腰带、一把大马士革剑和一根小木杖出发了。

　　一路上，他边走边唱，非常开心，梦想着未来美好的生活。到了晚上，他才体会到独自一人又身无分文的痛苦。他真的是非常非常饿了。

　　"快进来，快进来，我煮好了稀饭，准备了菜，请来喝个痛快，邻居们，快进来……"路过一座高大华丽的房子时，小穆克听到里面有一个老妇人的声音在召唤着。他犹豫了一下，最终还是抵挡不了食物的诱惑，进去了。

　　"你是？"一个老太太疑惑地看着小穆克，问道。

　　小穆克把自己的经历一五一十地说给了老太太听。

　　"呵呵！"老太太笑了，说，"本来我是在宴请自家的猫和邻家的猫的。看你怪可怜的，就留下来一起吃吧。"等小穆克吃完饭后，老太太把他带到了一个大房间里，让他好好地睡了

一觉。

第二天，老太太建议小穆克留下来做自己的仆人，每个月会按时给他工钱，并且供他食宿。小穆克开心地答应了，他觉得自己找到了幸福的生活。

刚开始一段时间，小穆克过得还真不错。可惜好景不长，原来老太太的猫非常坏，它常常打坏屋子里的瓷器，到处惹是生非。最可恶的是，它一听到老太太的脚步声就马上很乖地躺在地毯上，好像什么事情也没发生过似的。于是，老太太就把所有的过错都算到小穆克头上。小穆克觉得很委屈，也好伤心，于是他产生了离开的念头。可是，老太太总是不把许诺的工钱发给他。

有一天，老太太的一只小狗咬着小穆克的裤管，拖他来到一间房子里。原来，小狗是要报答小穆克。因为老太太总是偏爱猫，小狗常常被冷落，只有小穆克关心它。

那是一间破旧的屋子，里面有一双好大的拖鞋。虽然小穆克决定离开了，但善良的他还是不愿意乱拿属于老太太的东西。但他看到那双大拖鞋很破旧，心想老太太一定没用了，便

穿上它离开了。

谁知一穿上那双鞋子，他就不由自主地快跑起来，直到他喊停。他累得躺在地上，不知不觉做了一个梦。在梦里，小狗告诉他，那双拖鞋具有魔力，只要转三圈，想到哪里拖鞋立刻就可以把他送到哪里。更神奇的是，小穆克的木杖也具有神力，遇到金子时会在地上敲三下，遇到银子时就敲两下。小穆克醒来后迫不及待地按小狗的话试验起来。他真的马上来到了想象中的大城市。

这时，城中正在为国王招募信使。小穆克想，有了神奇的拖鞋，信使的工作对自己再适合不过了。于是，小穆克就来到王宫，请求做一名信使。刚开始国王还不相信小穆克能跑得很快，但是过了一段时间，国王就完全相信了他的能力，而且非常信任他，还封他做信使总管。从那以后，别的信使都非常嫉妒小穆克。

一天，小穆克在花园里散步，他的木杖突然在地上敲了三下，小穆克想起了梦中小狗的话。于是，他立刻取来锄头在木杖所指的地方挖了起来。

善良的小穆克一边辛苦地挖着，一边快乐地想："这下可以把金币分给伙伴们了，那样，他们就不会再讨厌我了。"他

纯洁的内心里，从来没有装下人心的险恶。还没等小穆克挖完，卫兵就把他和金币带走了。

大殿里，国王开始审问小穆克。他还没说一句话，那些可恶的信使们就开始诬陷他，说他偷了国王的金币。国王竟然相信了那些人的话，把小穆克关进了监狱。

小穆克伤心极了，他本以为自己已经找到了幸福的生活。眼看着国王就要把他斩首了，小穆克只好用神奇的拖鞋逃走了。但是他没有埋怨国王和那些信使，继续向前方跑去，寻找着自己的幸福生活。

驱鼠的吹笛人

很久很久以前，德国的哈姆林市突然出现了成千上万的老鼠，它们四处作祟。人们都惊慌得四处躲藏。

市长无计可施，只好张贴告示说："要是谁能把这些坏蛋驱逐出去，会得到丰厚的奖赏。"

不久后，市长办公室来了一个身穿红披风的年轻的吹笛人，说："要是你们愿意付给我100个金币，我就能把老鼠全部消灭了。"

市长迫不及待地说："只要你能做到，我们情愿给你1000个金币。"

吹笛人说："好，希望你说到做到！"

黄昏的时候，年轻人吹奏起一种奇特的调子。那些老鼠仿佛听到了召唤，一个个从大街小巷里涌了出来，跟着吹笛人跳进了一条湍急的河流中，转眼间就全部消失了。

回到市政大厅，人们把吹笛人当成了伟大的英雄，高声的欢呼让吹笛人害羞地摇了摇头，好像仅仅是清洁了一下地面而已。

市长说："你就是吹了吹笛子，碰巧把老鼠赶了出去，这简直太容易了！我们将给你 10 个金币，不会比它更多了！"

年轻人很生气，说："这不是当初的约定！"

市长气势汹汹地威胁说："你要么拿走 10 个金币，要么被我们赶出去！"

年轻人收起了微笑，将红披风拉到了头顶，转身离开了。

那天晚上，在城市的中心广场，年轻人吹起了笛子，奇妙的音乐落进了每一家的每一个孩子的耳朵里。

　　孩子们一个个穿着睡衣，迷迷糊糊地爬起来，高高兴兴地跟着吹笛人走出了哈姆林市，走向了一个山林，最后全部消失在一个山门后面。

　　"孩子，我们的孩子哪里去了？"天亮了，每一家人都发出惊呼。

　　时间一天天过去了，哈姆林市的居民们一直都在哭泣和期待，希望能够看到那个年轻的吹笛人，还有自己的孩子。他们说："如果可以选择，我们愿意说话算话，付给吹笛人1000个金币。"

傻子与金鹅

有一户人家，有三个儿子。老三塞斯无论做什么总是乐呵呵的，还特别愿意做又累又辛苦的事，因此大家都叫他"傻子"。冬天来临了，父亲让三个儿子到森林里去砍些木柴，可家里的面饼和烧酒只够两个人吃喝。塞斯说："没关系，我吃土豆饼。再给我一壶清水！"

中午，一个白胡子小矮人走过来讨吃的，老大和老二都不愿意给他，只有塞斯拿出食物招待了小矮人。等塞斯的两个哥哥走远了，小矮人让塞斯去砍前面的大树，并说："这是一件宝贝！以后有困难，只管告诉它。"

　　塞斯照做，老树刚一倒下，一只全身都是金羽毛的大鹅飞了出来。金鹅说："把我献给国王吧，我能让他把公主嫁给你！"塞斯抱着金鹅出发了。

　　塞斯到一家小旅店过夜，店主的大女儿悄悄跟在他身后，想拔一根金鹅纯金的羽毛。她的手指刚一触到金鹅的羽毛，立即被牢牢地粘住了。

　　第二天早上塞斯准备启程时，店主的二女儿和三女儿跑来帮忙，结果也被牢牢地粘住了。一路上，他们还遇到想要拉回学生的教书先生，还有想要阻止教书先生的校长，以及想要解救校长的骑士。但只要他们的手一碰着彼此，就都会被牢牢地粘在一起，甚至就连皇宫的守卫也被粘上了。

队伍变得浩浩荡荡起来，他们来到了皇宫。

国王有个女儿生了怪病，是一位从来都不笑的公主。她看到塞斯抱着金鹅，后面跟着一群人的时候，不禁哈哈大笑起来。

"国王曾说过，只要谁能把公主逗笑，谁就可以娶她为妻。你快向国王请求，让他实现诺言！"

金鹅一边叮嘱塞斯，一边恢复了三姐妹、教书先生、校长、骑士和卫士的自由，还送给他们一人一根金羽毛。

国王很不开心，故意刁难地说："如果你想做我的女婿，必须先答应我一个要求。首先，你必须要找到一个能喝完一窖葡萄酒的人来

见我，而且对方是心甘情愿的。"

金鹅说："到那棵砍倒的树桩那儿去！"

塞斯在那里遇见了一个蓝鼻子矮人，矮人说："好想喝酒啊！我刚刚喝了一桶葡萄酒，感觉却像用一滴水去湿透烤焦的巨石，完全没有作用！"

塞斯领着小矮人走进国王的酒窖，喝得酒窖不剩一滴酒。可是，国王还是不乐意把自己的宝贝女儿嫁给塞斯，于是，他又让塞斯找到一个能吃完像山那么大的一堆面包的人，还要弄来一艘在海上和在陆地上都能行驶的船，金鹅每次都让塞斯如愿以偿。国王没有理由拒绝请求，只好为塞斯和公主举行了盛大的婚礼。

而那只聪明又珍贵的金鹅，成为了夫妻俩形影不离的好朋友。国王去世后，塞斯成为了善良能干的"金鹅国王"。

甲虫

国王的马因在战争中保护国王，立下了大功。国王为了表彰它，特地给它钉了一副金马掌。

一只甲虫看见了，非常羡慕，便找到铁匠，希望铁匠也能为自己钉一副金马掌。

铁匠听了哈哈大笑："你这个小东西，也想钉金马掌？你知道金马掌是做什么的吗？"

甲虫说："我不需要知道那是做什么的，但是我住在皇家马厩里，凭这个身份，我就有权利要求你为我钉金马掌。我可不比那匹马的身份低。"

甲虫的话招来了铁匠的嘲笑。甲虫觉得这个无礼的铁匠没把自己放在眼里，于是它振振翅膀飞走了，它要飞到它认为更广阔的天地中去。

不久，甲虫飞到了一个美丽的小花园里。满园的玫瑰和熏衣草仰着美丽的脸庞在风中摇摆，空气中弥漫着醉人的香气。

一只在附近飞来飞去的小瓢虫对甲虫说："你看这里的花朵开得多么鲜艳哪！"

甲虫撇撇嘴，不屑地说："你认为这就是美吗？哼，这儿连一个粪堆都没有。"

于是甲虫又向前飞去，飞到一株向日葵上，有一只毛毛虫正在这里休息。

"这世界是多么美丽呀！"毛毛虫说，"等我睡上一觉，醒

来后就会变成漂亮的蝴蝶，自由地飞舞。"

"你真是自高自大！"甲虫说，"你只不过是一只飞来飞去的蝴蝶而已。我可是从皇家马厩里出来的，有高贵的出身！"说完，甲虫飞到一块绿油油的草地上，昏昏沉沉地睡着了。

一阵雨声把甲虫吵醒了。可怜的甲虫无法飞上天空，只能躺在原地，等待天气好转。突然，它看见不远处有两只青蛙正坐在一张被单上。

"天气真是好极了！"其中一只青蛙说，"我迫不及待地想要游泳了！"

甲虫听到这些话很生气，因为雨水把它困在这里很久了，又把它淋得湿漉漉的。

于是，它没好气地问青蛙："你们大概从来没有到皇家马厩去过吧？那儿的空气既温暖又舒服，难道在这个花园里找不到一个垃圾堆，让我这个有身份的人暂时住进去舒服一下吗？"

　　可惜两只青蛙不懂甲虫的意思。甲虫只能鄙视地看看它们，重重地哼了一声，等翅膀干了之后拍着翅膀飞走了。它向前飞了没多远，就发现了花盆下的一块碎瓦片。

　　碎瓦片下面住着好几家蠼螋，几个蠼螋母亲正在称赞自己的儿子。一位母亲说："瞧，我儿子多么帅气啊！"

　　"我的儿子刚一出生就很顽皮，"另一位母亲说，"它总是活蹦乱跳。你说对不对，甲虫先生？"她们认出了甲虫。

　　"你们两个说的都对。"甲虫点点头说。

　　可是甲虫感到这些事非常无聊，于是它就向它们打听最近的垃圾堆离此有多远。

　　"在很遥远的地方——水沟的另一边。"一只蠼螋回答说。

　　于是，甲虫拍着翅膀飞走了。

　　它在水沟旁碰见了好几个伙伴。"我们就住在这儿。"它们热情地说，"这里非常舒服。欢迎你光临这个美丽的地方，你走了这么远的路，一定很疲倦了。"

"一点儿也不错！"甲虫回答说，"我累极了，能和你们生活在一起，真是太高兴了！"

在这里，甲虫遇到了一位漂亮温柔的甲虫姑娘。它们迅速产生了感情，不久就结婚了。

婚后的第一天非常愉快，第二天也勉强称得上舒服，不过到了第三天，甲虫就开始考虑妻子和将来小宝宝的吃饭问题了。

甲虫觉得让自己负担一个家庭是没有道理的。在一个夜晚，它离开了自己的新婚妻子，把包袱留给了它的那些伙伴。

甲虫继续它的旅行。它飞进了一个温室，轻轻地钻进新鲜的粪土里。"这儿真舒服。"它伸了个大大的懒腰。

不一会儿，它就做起了梦：梦见国王的马死了，梦见自己得到了金马掌。

第二天早上，甲虫一边爬，一边回想着昨晚的梦。

突然，园丁的儿子捉住了甲虫，把它放在一只破旧的、没有鞋面的木鞋里。

木鞋上插着一根棍子，园丁的儿子把甲虫绑在棍子上，然后把这只木鞋放入附近的湖里。于是，甲虫作为一个船长，驾船航行。

甲虫看着大海一样的湖泊，害怕极了，可它被绑在棍子上，没法飞走，只能乱蹬着它的双腿。

　　可怜的甲虫在船上挣扎着。这时，岸上几个年轻的女孩子发现了它。她们把木鞋从水里捞起来，救了甲虫。

　　重获自由的甲虫高兴极了。它顾不得平静一下自己的心情，连忙飞起来，一直飞进一个巨大建筑物里。甲虫又累又困，于是打算落在一匹马的身上睡一觉。它恰好落在了国王那匹爱马又细又长的鬃毛上。就是以前和甲虫住在一起，钉有金马掌的马。

　　甲虫确信了这一点之后，激动地说："当我骑在国王的爱马身上的时候，我终于明白了马为什么要有金马掌。这完全是因为我今天要骑它。我一定要把这个发现告诉所有的人，并且留在家里，直到马的金马掌磨坏为止。这就是我此次旅行的收获。"现在，甲虫又变得心满意足了。

踩面包的姑娘

英娥虽然是一个穷人家的姑娘，但她从小就很骄傲，觉得自己很了不起。在很小的时候，她就爱捉苍蝇，并撕下它们的翅膀，让它们不能自由地飞翔。她还把大甲虫和金龟子抓来，穿在一根针上。英娥渐渐长大后，并没变得懂事，而是更坏了。

有一户有钱人家请她去做帮工，他们对她就像对自己的孩子一样，给她吃好的穿好的。渐渐地，英娥就更以为自己了不起了。

一天，主人对她说："小英娥，你该回去看看你的父母了！"英娥也想回去，但并不是因为想念他们，而是为了向他们展示现在的她穿戴得多么漂亮。当看到自己的妈妈穿着破衣烂衫正在拾柴火时，她扭头就往回走，连家门也没有进。

又过了半年。"你一定得回家去看看你的父母！"女主人对英娥说，"这里有一些面包，你可以拿回去送给他们。看见你，他们会很高兴的。"

英娥穿上最好看的衣服和新鞋，带上那些香喷喷的面包出发了。她把裙子提起来，很小心地走着。走到一片泥泞地时，她把带给父母的面包扔到污泥里，想踩在上面走过去。英娥踩在面包上，一点儿都不觉得可惜。她认为自己想出了一个聪明的办法。

正当她沾沾自喜的时候，突然，面包带着她向地下陷去，越陷越深，直到她完全沉没，只剩下一个冒水泡的黑泥坑。

英娥来到了地狱，在这里，她遇见了一个魔鬼，这是个专干坏事的狠毒的女人。这个毒辣的老太婆，把英娥变成了一尊塑像。肮脏的苍蝇总是在英娥的脸上爬呀爬，英娥想赶走它们，却发现这些苍蝇没有翅膀，原来它们都是自己小时候扯掉翅膀的苍蝇。英娥开始后悔自己小时候的所作所为。一个牧童将英娥的故事告诉了大家。大家为她编了一支歌，这支歌全国的人都在唱。

　　"都是该死的虚荣心让她变成了这样。"母亲痛苦地哭诉着。这让英娥更加悲伤，她知道，自己的错误行为是不会得到别人原谅的。

　　可是，一个幼童的话让英娥特别感动。"我希望她能得到宽恕！我愿意献出所有的玩具，只要她能回来。"英娥开始真正地忏悔自己的罪过，眼睛里第一次流出了难过的泪水。忽然，她僵硬的身体变成了一只小鸟。英娥飞到田间小路上，捡起了农夫失落的麦穗。英娥飞到别人的阳台上，收集孩子们撒下的面包屑。她收集的面包屑若做成面包，早已超过了她当年踩过的面包。她用自己的行动，改正她过去所做的错事。现在，英娥已经变成了一只美丽的海燕，在波涛汹涌的大海上自由地飞翔，不时发出快乐的鸣叫。

小洛狄

从前，有一个名叫洛狄的小伙子，他勇敢无畏，能爬上最高的山峰。有时，太阳还没有出来，他就已经爬上山岭，喝着清晨的露水了。

洛狄二十岁时，成长为一个漂亮的男子：棕色的双颊、雪白的牙齿、黑得发亮的眼睛……他可以在水里像鱼似的自由地畅游；爬起山来比任何人都快，还能像蜗牛一样贴在石壁上。他靠向导这个职业赚了许多钱。人们都说洛狄是一个很好的恋爱对象，可他只喜欢磨坊主的女儿巴贝德，喜欢她那双亮得像燃烧着的火一样的眼睛。

磨坊主是一个非常有钱的人，他的富有使洛狄觉得巴贝德高高在上，可望而不可即。但是，洛狄从没有放弃

过，他总是对自己说："没有什么会比爬上高山更难的，只要对自己有信心，世上没有做不成的事情。" 终于有一天，洛狄鼓起勇气去拜访磨坊主了。

"她的地位比你高得多，"磨坊主严肃地说，"她坐在一堆金沙上，这个你应该很清楚，你是攀不上的。"

"一个人只要有志气，世界上就没有攀不上的高山！"洛狄自信地说道。

"你看见对面山崖上那个鹰巢了吗？巴贝德比那鹰巢还要高呢。"磨坊主又说。

"你等着吧，巴贝德和鹰巢我都会得到的。"洛狄坚定地说。

"好，如果你能活捉那只小鹰，我就把巴贝德嫁给你！"磨坊主笑得连眼泪都流出来了，他绝不相信洛狄能爬上对面那座险峻的山峰。

"男子汉，说话算话。"说完这句话，洛狄便离开了。

半夜里，洛狄带着枪、竿子、梯子和绳子出发了。他穿过灌木林，踩着松散滚动的石块，努力向山顶攀登。

到了山崖边后，他静静地坐着，等待天亮。因为他必须等母鹰天亮飞出时一枪把它打死，才能捉到小鹰。

洛狄把枪放在面前，扳上了枪机，注视着山崖顶。忽然，他听到头顶一阵飕飕的风声，身体庞大的母鹰飞出巢，把天空都遮暗了。洛狄的枪声响了，母鹰慢慢地坠落到深渊里，不见了踪影。

"现在，我可要捉住你了。"洛狄在鹰巢的一角看见了小鹰。小鹰虽然还不能飞，但已经是一只庞大、凶狠的鸟了。洛狄聚精会神地盯着它，然后使尽力气用一只手稳住自己的身体，用另一只手把绳子的活结套在小鹰的身上，小鹰被活捉了。

洛狄把它的腿牢牢地系在活结里，然后把它往肩上一扔，使它稳稳地悬在背后。

走完一段险要的路后，洛狄带着小鹰安全地返回到地面上。当洛狄带着小鹰出现在磨坊主的家门前时，磨坊主吓得差点儿晕过去。他真的不敢相信洛狄能活着回来。看到正在洛狄手中扑腾的小鹰，磨坊主露出了笑脸，说："看来你真的是一个很优秀的年轻人，你居然完成了一个不可能完成的任务！"

　　"是的，我做到了！"洛狄是个很诚实的人，所以他毫不谦虚。

　　"哈哈！"磨坊主笑道，"虽然你的财富远远比不上我，但是，谁又能说勇敢不是一笔无价的财富呢！"说完，磨坊主把女儿巴贝德叫了出来。

　　虽然他现在挺喜欢洛狄，但也想征求一下女儿的意见。哪个姑娘会不喜欢像洛狄这样英俊、勇敢的青年呢？其实，巴贝德也早就喜欢上洛狄了。就这样，洛狄和巴贝德开始了幸福的生活。

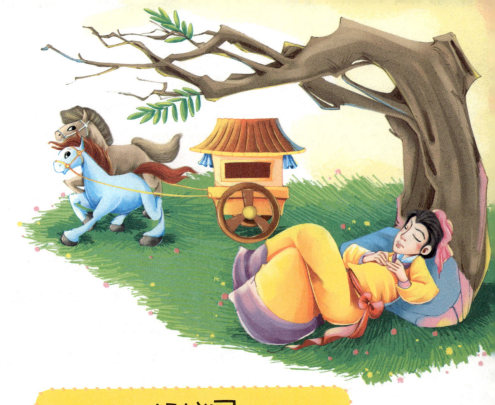

蚂蚁国

　　很久以前，淳于棼（fén）家的院子里面有一棵大槐树，它就像一把巨大的绿伞。

　　有一天，淳于棼在大槐树下睡起觉来。突然，一辆马车来到他家院子里，一个男子上前说："我是槐安国王的使者，请你去宫殿与陛下见面。"淳于棼坐上马车，马车进入一个又深又黑的大洞，然后驶过一座高大的城门，上面写着"槐安国"。

　　威武的国王说："我和你的父亲是朋友，约定结成儿女亲家，特意请你过来举办婚事。"

淳于棼很奇怪，说："父亲在几年前的战争中失踪了，我没有听他提过这件事呀。"

国王说："如果你不嫌弃我们国家小，就让我来做主吧。"淳于棼答应了。几天后，淳于棼和美丽的公主举行了盛大的结婚典礼，婚后两人非常恩爱。

国王认为淳于棼很有才华，就派他去南柯郡做郡守。

转眼就是二十年，淳于棼将当地治理得井井有条。他和公主的子女都很出色，不仅得到了显赫的官职，还受到人们的尊重。人们都说："除了皇帝，郡守家的富贵无人能比。"

这一年，邻近的檀萝国侵犯槐安国，淳于棼奉命带兵迎战。他被敌人打得落花流水，丧失了大量兵器和粮食。淳于棼非常羞愧，赶紧到京城请罪。

国王没有怪罪他，说："五根手指还有长有短，你已

经尽力了。"

没过多久，公主病逝了，淳于棼辞掉郡守的官职回家了。可国王听信了谣言，说淳于棼之前兵败是因为叛国，于是派兵将他的家团团围住，并下旨将淳于棼驱逐出境。

淳于棼又气又急，大声叫嚷起来："你们冤枉我！你们冤枉我！"就在这时，淳于棼突然醒过来，发现自己还睡在大树下。树洞深处有两个蚂蚁窝，分别是所谓的"槐安国"和"南柯郡"。

苏和的马头琴

在辽阔的大草原上，有一个勤劳善良的放牛娃苏和。一天晚上，苏和梦见一匹洁白的小马，它跳跃的姿态就像一团白云。苏和很兴奋，猛地惊醒过来，这时门外传来了马叫声。苏和跑出去一看，在草丛中发现了一匹刚生下来的小马驹，它浑身上下湿漉漉的。

苏和小心翼翼地将小马驹抱起来，左右张望了一下，说："可怜的小马，你的妈妈到哪里去了？它为什么不要你了呢？以后就让我来照顾你吧！"

小马温柔地靠着他，仿佛在说："谢谢你，我非常乐意。"

　　苏和精心喂养着小白马。渐渐地，小白马长成了健壮的骏马。一年一度的赛马会上，小白马取得了第一名。贪婪的王爷眼红极了，想用三个金元宝买走它。苏和说："它是我的好朋友，多少钱也不卖！"

　　王爷恼羞成怒，派人打伤了苏和，将小白马抢回了王府。王爷得意扬扬，他爬到马背上，说："只要你听我的话，我保证让你成为草原上最享福的骏马。"

　　可是小白马恨透了霸道蛮横的王爷，不管王爷怎么吆喝，怎么哄骗，它都一动不动地停在那里。王爷气坏了，举起鞭子狠狠地打向小白马。小白马高高地扬起前蹄，将王爷摔了个四脚朝天，自己撒腿就跑。

　　"射箭！射死它！"王爷发出了可怕的命令。

　　浑身是箭的小白马拼命地跑啊，跑啊，终于跑回了苏和家。小白马气喘吁吁地来到遍体鳞伤的苏和面前，亲了亲他的脸，就倒在地上闭上了眼睛。苏和扑上去抱着小白马，哭得身边的花草都落下了眼泪。

苏和天天思念小白马，人也越来越瘦弱，走起路来摇摇晃晃的。一天晚上，苏和梦见了小白马，小白马对他说："我的朋友，你可不要倒下呀。你用我的皮、骨、筋、鬃、尾做一把琴吧，这样我们就永远不分开了。"

苏和含泪把马筋做成弦，把马尾骨做成弓，还在琴杆顶上雕刻了一个马头，制成了一把马头琴。从那以后，苏和一直带着心爱的马头琴流浪四方，每日和小白马说着心里话。而马头琴也流传了下来，成为草原牧民最爱的乐器。

黑鱼精与三潭映月

　　很久很久以前，一条千年黑鱼精来到了美丽的西湖，在湖底钻出一个大泥潭。它每天都要在湖边翻腾打滚，掀起巨大的波浪，吞下落水的百姓和牲畜。

　　这一天，黑鱼精摇身变成一个粗黑大汉，来到杭州城里玩耍。它一眼看中了能工巧匠鲁班师傅的妹妹，就说："我是住在西湖底的黑鱼大王，我的宫殿又大又美。如果你嫁给我，我就让你天天吃山珍海味，穿绫罗绸缎。"

鲁小妹又羞又气，大骂："讨厌的家伙，快点儿滚开！"黑鱼精威胁说："如果你不答应，我就让西湖干涸，让杭州城的所有人都淹死。"说完黑鱼精张大嘴巴，一口吸干了西湖的水。

"原来就是这个家伙在西湖搞鬼呀。"鲁小妹灵机一动，说："别闹了，你这么厉害，我当然愿意嫁给你了。而且，我还要让哥哥给我准备一份风光的嫁妆。"

黑鱼精点点头，将水吐回了西湖，乐颠颠地回去等着迎娶鲁小妹。鲁小妹对哥哥说："这个黑鱼精力气大，我们要想办法对付它。"

鲁班想了想，说："西湖边上有一座宝石山，我去雕出一个大香炉，将它压在湖底。"整整七七四十九天，鲁班日夜赶工，终于用半座山凿出了一个巨大的香炉。

到了迎亲的那一天，鲁小妹打扮得漂漂亮亮，坐上了红红的大花轿。鲁班对黑鱼精说："好妹夫，我为你们准备了大香炉，你将它搬进湖里吧。"

"好啊，好啊！"黑鱼精一转身，想要将香炉背上肩头。谁知它的力气太大，卷起的旋风竟将香炉骨碌碌吸得向下滚。黑鱼精吓坏了，拔腿就跑，想要躲开香炉。它越跑越快，带动的风也越来越大，香炉也越滚越急。

　　黑鱼精跑到湖中央，摇身变成一条黑鱼，"嗖"地钻进深潭。石香炉也轰隆一下滚到湖中央，炉口朝下罩住了西湖的潭口，不留一丝缝隙。黑鱼精被罩在石香炉下，一口气也吸不上来。它竭力向上顶，可是石香炉一动也不动。它想刮风，身子却被牢牢卡住，他只好拼命往下钻，它越往下钻，石香炉就越往下陷，最后陷在烂泥中。

　　黑鱼精就这样丢掉了性命。石香炉在湖面露出三个葫芦样的脚，成了西湖十景之一的"三潭映月"。

红鸽子

一天晚上，勤快美丽的小女仆萨妮娜在一片林子中迷了路。她把头上的丝带散成细绳，系在已经走过的道路上。可是，不管她怎么努力，那些绳子都会突然断开，让做好的记号全部消失。萨妮娜又累又饿，躺在大树下自言自语说："难道是我做了什么坏事，神在惩罚我吗？"

这时，一只红羽毛的鸽子飞了过来，腮帮子鼓鼓囊囊的。萨妮娜说："哦，我第一次见到红鸽子，你的脸真是太胖了！"

红鸽子从嘴里吐出一把金钥匙，说："去打开那棵橡树的锁，就会得到足够的食物。"

　　萨妮娜用金钥匙打开了橡树。树里有个精美的盘子，上面盛着薄荷玉米卷、包心菜炖肉和煮南瓜，还有一碟蜂糖浆。看到如此美味的食物，萨妮娜开心极了。她细细地品尝着美味，还喂给红鸽子一些食物。"我吃饱了。"萨妮娜打了一个哈欠，"要是能美美地睡一觉，那就更好了！"

　　这时候，红鸽子又吐出一把银钥匙。然后对萨妮娜说："去打开那棵核桃树的锁，就会得到舒适的软床。"萨妮娜赶紧照做，果然得到了一张床，然后她躺到床上进入了甜蜜的梦乡。

　　到了第二天清晨，红鸽子又送来铜钥匙，萨妮娜得到了许多华丽的裙子，每一件都缀满了珍珠和蕾丝花边，看起来就像公主的舞裙。

萨妮娜不明白自己为什么这么好运，就问："红鸽子啊，我能为你做什么吗？"

红鸽子说："请你帮我去拿个宝贝吧！"

萨妮娜说："好啊！"红鸽子接着说："在这片森林里有座小屋，屋子里有一个坐在火炉边的老太太，不管她对你说什么，你都不要理睬。无论她做什么，你都要从她右边走过，你要从那些昂贵的戒指里面找出一个刻着玫瑰花的铁戒指，然后尽快回到橡树这儿来。"

萨妮娜同意了。萨妮娜来到小屋前，她打开门，看见火炉前坐着一个老太太，老太太说："你好，世界上最美丽的女孩！"

萨妮娜继续往前走。"哦，请你等一等，我想送给你巨大的宝石，它可以让你成为女王。"

萨妮娜一声不吭，沿着她的右边穿过了木门。可是，里面的戒指太多了，萨妮娜一直找啊找啊，好不容易在一个鸟笼中发现了刻着玫瑰花的黑色铁戒指。她取出戒指，走过木门，走过老太太，快速地回到了橡树下。

萨妮娜大声呼喊着："红鸽子，快来呀，我帮你拿到了。"

就在这时，橡树突然变成一个英俊的男孩，紧紧地抱住了萨妮娜。

男孩说："谢谢你遵守诺言！我是红鸽子城堡的威廉王子，红鸽子是我的守护神。恶毒的巫婆把我变成了一棵树，只有一个好女孩去取出戒指，我才能恢复人形。"

萨妮娜和威廉王子结了婚，所有人都认为她比真正的公主还值得尊敬。

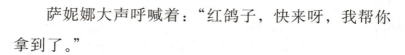

贝浩图的故事

相传，有一个名叫贝浩图的奴隶，他几乎什么都不会，只知道如何用谎言来捉弄人，是当时远近有名的撒谎者。

有一天，贝浩图又向两个朋友吹嘘起自己的传奇经历来。"你们知道我这一生中，最让我高兴的是什么吗？"

一个朋友回答说："当然是意外地得到一笔财富。"贝浩图听完，摇摇头。

另一个又说："拿着优厚的工钱而不用干活。"贝浩图听完，又摇了摇头。

最后，贝浩图摇头晃脑地说："在我这一生中，最让我高兴的是如何用谎言让那些道貌岸然的富人出丑。要知道，我这个优点自我出生以来就伴随着我。我八岁时开始撒谎，每次都能得逞。

"后来，我渐渐同情起那些被我愚弄过的人。于是，我决定一年只撒一次谎。我之所以爱撒谎，完全是为了对付那些为富不仁的富人。为此，他们对我头疼不已，只得将我不停地转手。

"有一次，主人又把我卖给了奴隶贩子，在奴隶市场上，奴隶贩子对众人大声说：'有谁肯要这个奴隶吗？'

"下面有人问：'那你先说一说他都有些什么能耐吧。如果他有本事，我愿意考虑。'

"奴隶贩子说：'他什么都会做，而且做得非常好。但除此以外，他有一个非常特别的缺点。'

"'哦，那你快说说他有什么特别的缺点。'商人听奴隶贩子这么一说，立即来了精神。

"奴隶贩子说：'他啊，每一年都要骗一次自己的主人，是一个人见人恨的骗子。'

"商人是个倔脾气，他见奴隶贩子这么说，倒非买我不可了。于是，他用六百块金币的高价买走了我。

"从那以后，我便有了一个新主人。主人把我领回家，给我换了一身奴仆的衣服，像宝贝一样珍惜着我，从不让我干重活，因为他很想知道我到底怎么发挥骗人的本领。而我呢，对他唯命是从，做事无一不周到。

　　"转眼就到了第二年，这年年景不错，风调雨顺，庄稼大获丰收，家家户户都大摆宴席，以示庆祝。我的主人也不例外，他在城外摆了一席丰盛的酒宴，邀请他的朋友共同庆祝。

　　"而我呢，则在一旁小心翼翼地伺候着，不停地给他们盛酒。

　　"到了中午，主人突然站起身，把我拉到一边悄悄地说道：'贝浩图，你快回家去拿我的中国真丝手绢。要知道，没有这东西，无法体现我的地位和富有。'

　　"于是，我骑上小毛驴，飞一样地朝家里赶去。快到家时，

　　我猛地大哭起来。

　　"很快，哭声就引来了众多的人围观，大人小孩儿就像过节一样跑来凑热闹。

　　"这时，主人家的太太、小姐们也赶来了。她们见我哭得如此伤心，便一个劲儿地要我说出原因。

　　"于是，我一口气把心中的话全倒出来：'我们无比敬爱的老爷和他的朋友们正在一堵老墙下喝酒聊天，突然一声巨响，老墙倒了，将他们全都压死了。'

　　"听到这一噩耗，太太、小姐们犹如掉进了万丈深渊，她们的脸扭曲得像魔鬼一样。大家哭的哭，闹的闹，发疯似的满地打滚，有的竟然恶狠狠地抽打自己的耳光，以泄悲愤。人们见状，都纷纷上前劝慰，无奈她们已经被悲伤冲昏了头脑。

　　"没多久，太太就哭累了，她拉着我的手说：'贝浩图，快给我们带路吧，我要去把我那可怜的丈夫带回来安葬。'

　　"就这样，我带着浩浩荡荡的队伍向城外走去。有人见了，不禁惊呼：'这样的头面人物死了，那还得了？必须向省长汇报。'省长知道后，怀着沉痛的心情也赶来了。

　　"趁他与太太小姐们寒暄之际，我一溜烟儿地跑到了老爷正在喝酒的庄园。我见了老爷，又开始痛哭起来：'我可怜的太太、小姐们哟，你们怎么就这样不声不响地死了呀？要知道，我们老爷是多么疼爱你们呀。'

　　"主人一听太太、小姐们都死了，刚才还满脸堆笑，脸色一下子变得惨白。他哆嗦着问我：'贝浩图，你再说一遍，谁死了？'

　　"'我们最尊贵的太太、小姐们死了。你叫我回家拿东西，只见房屋全塌了，将太太、小姐们全压在下面了。'

　　"主人听完，气急败坏地提着我的领子问：'快告诉我，太太是否还活着？'

"'无人幸免，太太是第一个死的。'

"'我可爱的小女儿呢？'

"'死了，都死了，你的小女儿是最后一个死的。'

"'那我心爱的小毛驴呢？'

"'托安拉的福，它还健在呢。'

"谁知，主人听了，气愤地说：'该死的，这毛驴的命居然比我太太、女儿的命还长，我绝对不能容忍它，一定要将它杀掉。'

"说完，主人瘫倒在地，掩面痛哭起来。他拼命地抓扯他的胡子，直到鲜血横流为止。

"客人们见了，又是劝慰，又是祈祷，好不容易才把他扶起来。

"正在这时，太太、小姐们哭着闹着冲进庄园。主人见了，先是大吃一惊，然后又和太太、小姐们抱在了一起，这种失而复得的心情让整个庄园又沸腾起来。结果可想而知，我被主

人痛斥了一番。

"'你这该死的奴才，回去我非活剥了你不可！'说完，主人冲上前来举拳就要打我。

"我赶紧摆摆手说：'我尊贵的主人，你可不能打我。因为我一年撒一次谎，你是心知肚明的，况且这次我只说了一半。要不这样，等年底的时候，我再说出另外一半，以构成一个完美的谎言。'主人听了，气得直跺脚，嘴里一个劲儿地大骂。

"最后，我被主人的家丁们痛打了一顿，扔在了街上。等我苏醒过来，我的脸早已被主人打上了'骗子'的烙印。"

所以，小朋友们，撒谎可不是一件好事，要做一个诚实善良的好孩子。

智者盲老人

很久以前，有一个商人，他见其他商人在外地做生意都发财了，也想出去闯荡一番。有一天，商人收拾好行囊，准备独自去一个遥远的城市贩货。他听说那个城市人口密集，凡是去过那个城市的人都能发财。为了不让自己空手而归，临行前，商人向一位刚从那个城市回来的人打听那里的市场行情。

"尊贵的朋友，你能告诉我那个城市里什么东西最好卖吗？"商人问道。那人回答说："当然是檀香了。"

商人听完，高兴极了，他变卖了所有家产，倾其所有在当地收购了大量檀香，准备拿到那个城市去销售。

第二天，商人便载着货物满怀信心地上路了。当他快要抵

达那座城市时，商人遇到了一个牧羊人。牧羊人提醒他：
"无知的人哪，你去那座城市一定要当心呀，那里到处
是吃人不吐骨头的骗子和凶狠残暴的劫匪。"

　　商人听了，心里顿时就凉了半截儿，一下子变得惆
怅起来。抵达城市后，商人在一家客栈住下来。其间，
有一个大胡子跑来和他攀谈："尊贵的客人，你不远千
里来这里做什么呢？"

　　商人说道："做买卖呀。"

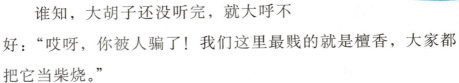

大胡子听了，忙问："不知你做的是什么买卖？不妨说来听听，我也好给你参考参考。"

商人想了想，如实回答："我听说你们这里檀香很值钱，所以就运了许多檀香来……"

谁知，大胡子还没听完，就大呼不好："哎呀，你被人骗了！我们这里最贱的就是檀香，大家都把它当柴烧。"

商人一听，气得浑身发抖。最后，他便天天用檀香烧火做饭，以泄怨气。大胡子得知这个消息后，找到商人说："这样好了，你把剩下的檀香给我，我可以让你任选一升东西作为交换，算是和你交个朋友。"

听到大胡子这么说，商人十分感激地把剩下的檀香全部交给了大胡子。大胡子和商人约定，让商人第二天去找他要钱。第二天，商人失魂落魄地走出了客栈，准备去大胡子家要钱。刚走出客栈一会儿，他遇到了一个独眼人。那人见商人也是蓝眼睛，便冤枉商人偷走了他的一只眼睛，非要他赔偿不可。商人不从，两人便扭打起来。才一会儿工夫，围观的人越来越多，商人百口难辩，只能委曲求全，答应赔偿独眼人的损失。最后，商人请了一个保人，才得以脱身。

　　商人虽然摆脱了独眼人的纠缠，但他很快发现自己的鞋在扭打时被撕破了。于是，商人来到一家补鞋店，让补鞋匠为他修鞋。鞋匠见商人是个又酸又穷的外乡人，根本不予理睬。商人只好说："你如果愿意为我修鞋，我以安拉的名义起誓，一定会让你满意的。"

　　补鞋匠听商人这么说，一下来了精神。他拿来一张上乘的牛皮，很快就把商人的鞋子补好了。

　　离开了补鞋店后，商人见前面有很多人，便凑过去。原来这些人正在聚众赌博。在庄家的怂恿下，走投无路的商人拿出仅剩的盘缠，决定赌上一把。然而，到了最后，他不仅什么都没了，还欠了许多赌债。

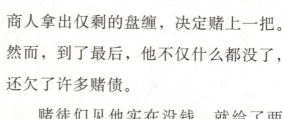

　　赌徒们见他实在没钱，就给了两条路供商人选择，要么付清赌债，要么喝苦涩的海水。

　　"谢谢你们提供的选择，不过我明天才能给你们答复。如果你们还相信安拉的话，明天就在这里等我吧。"说

完，商人转身走了。

当天夜里，商人遇到了一个老妇人。老妇人见他可怜，就询问原因。当她得知商人的遭遇后，她告诉商人："年轻人，不必忧伤，离这里不远有一个盲老头儿，他学识渊博，许多遇到困难的人都去向他请教。尤其是那些骗子，一到夜深人静的时候也会去。

"今晚你不妨去盲老头儿那里听一听，说不定会有所收获。不过，你得小心，千万别让那些骗子发现你。"

商人谢过老妇人后，便匆匆忙忙地来到了盲老头儿的门外，在一个偏僻的角落蹲下来。果真没过多久，那四个骗过商人的骗子就进了盲老头儿的屋。

第一个向盲老头儿提出问题的是那个大胡子："最近，我骗了一个卖檀香的家伙，答应用一升物品换他的檀香。"

盲老头儿听了，笑着说："他可以不费吹灰之力战胜你。"

大胡子一听，忙问："哦？那你说说他怎么战胜我呢？"

盲老头儿说："如果他向你索要一升黄金，你怎么回答呢？"

大胡子听了，红着脸不服气地说："如果那样，我给他一升黄金，也不吃亏呀。"

盲老头儿又问："那如果他要一升跳蚤，一半公，一半母，你又怎么办呢？"

大胡子听了，一下子成了哑巴，再也说不出话来了。接着，独眼人又说："我今天缠上了一个外乡人，非要他赔我的眼睛。这家伙还挺识相，答应给我赔偿，这应该没什么问题吧？"

盲老头儿笑着说："如果他提出称眼睛，重量一样才好赔偿，那你将变成和我一样的盲人，而他顶多成为独眼人。"

这时，补鞋匠挤开独眼人，得意地对盲老头儿说："今天，有个人找我补鞋，我见他穷困潦倒没有答应，他就以安拉的名义起了誓，说答应让我满意。为此，我才给他补了鞋，我想他能用安拉的名义起誓，就一定会遵守诺言吧。"

谁知，盲老头儿听了，依旧摇着头说："对他来说这不算问题，假如他对你说：'国王打败了自己的敌人，你对这件事情满意吗？'那你只能说满意，否则后果你自己知道，那可是杀头的灾祸。"听完盲老头儿的一番话，补鞋匠垂头丧气地走了。

最后，赌徒请教盲老头儿："今天，我赢了一个外乡人，我见他没钱，就给了他两条路选择，要么还清赌债，要么喝苦涩的海水。"

盲老头儿说："你同样战胜不了他，他会说：'喝掉海水不难，但请你把海嘴提起来送到我的嘴边。'到时你肯定找不到海嘴，自然会输。"

最后，商人用盲老头提示的方法战胜了四个骗子，满载而归。

终生不笑者

从前，有个老财主十分富有，他奴仆成群，田地上千，过着无忧无虑的富贵生活。他死后将家业传给了唯一的儿子。这个青年没吃过苦，长大后只知道享受挥霍，根本就不懂得经营。很快，青年就把老财主留下来的财产糟蹋一空，还欠了一屁股赌债。无奈之下，青年变卖了田地、奴仆，成了一个普通人，靠干体力活维持生计。

有一天，青年在路边等活儿。突然，从远处来了一个慈眉善目的老人，青年以为老人是来找自己干活的，忙跑过去，说："老伯，您需要我为您做些什么呢？盖房、修理、放羊、耕地……我样样在行。"谁知，老人听了笑着说："孩子，我的确是来请你干活的，但我不是

让你去干体力活。"

听老人这么一说，青年喜出望外，又接着说：
"老伯，您快说，您需要我为您做什么，我什么活
儿都会做。"老伯说："年轻人，别急，别急，其实
也不是什么重活儿，就是请你帮我做一些简单的家
务。如果你做得好，保证能让你荣华富贵。"

听到"荣华富贵"这几个字，青年简直快要乐疯了，因为
在他心中，仍贪恋着曾经奢华的生活。于是，他一个劲儿地询
问老人到底是什么活儿。

老人清了清嗓子，说："我家里还有十个像我这样的老人，
我请你去当管家，帮我照顾他们的生活。至于你的报酬，除了
付给你工资外，还会给你额外的好东西，如果你足够幸运，我
想安拉一定会保佑你大富大贵的。"

"谢谢您，老伯，愿安拉保佑您富贵长寿，快乐无边。"之
后，青年跟着老人来到了一座富丽堂皇的宅院。当青年看到里
面的场景时，他简直不敢相信自己的眼睛，这里有高大坚固的
城墙、香味扑鼻的花园……一点儿也不逊色于皇宫。最后，老
人把青年带到了一间金碧辉煌的大厅，里面有十个身着丧服的
老人正在相拥哭泣。

　　青年觉得奇怪，正要张口问，就听见老人说："孩子，我差点儿把一件很重要的事忘了。在这里做事，你什么都可以问，唯独不能问他们为何哭泣，不然你会懊悔终生的。"

　　青年听了很纳闷，但是对荣华富贵的生活的向往最终还是战胜了他的好奇心，他便默不作声了。

　　接着，老人交给他一个装有三千枚金币的盒子："孩子，这些钱你保管好，我们这几个老家伙的生活就全靠你和这些金币了。"

　　青年接过盒子，向老人起誓说："我以安拉的名义起誓，我一定会照顾好你们几位老伯的生活。"于是，青年留在了这座宅院里，细心地照顾老人。然而，好景不长，没过几天，其中一个老伯病死了。青年很想去帮忙打点丧礼，但是遭到了老伯们的反对，他们哭着给死去的老人洗澡，然后把他埋葬在花园里。

在接下来的九年中，每年都会有一个老伯去世。到了第十一个年头时，请青年来干活的那位老伯也快不行了，他躺在床上，脸色蜡黄，沉默不语。面对即将离世的老伯，青年伤心地问："尊敬的老伯，看在我尽心尽力地照顾你们十一年的份上，您能否告诉我，你们为何要如此悲伤地度过余生呢？"

老人听了，微微睁开眼睛，说："我的孩子，这些事你无需知道，不要再问了。如果你知道了这个秘密，一定会像我们这些老家伙一样懊悔一生的。"

谁知这一次，老人的话不但没能消除青年的好奇心，反而让他的好奇心越来越强烈。最后，老人被问得无可奈何，只好指着一道房门说："我可怜的孩子，你如果想知道，就去打开那道门吧。但到那时，你将难逃劫难。"说完，

老人便咽气了。

青年把老人安葬在花园后，迫不及待地来到了那道门前，当他正要去推门时，又想起了老人的话。他缩了缩手，一下子没了勇气："这门里面到底有什么呢？凶残的野兽，无形的精灵……"青年害怕了，他不再去想开门的事情，继续过着富有的生活。

这样过了七天，青年仍然被门后的东西吸引着。最终，他被强大的心魔俘获了。当他用力推开那道房门时，一条黑暗的通道展现在他的眼前，青年忐忑不安地走进去。大约三小时后，他来到一处偏僻的海湾。正当他百思不得其解时，突然一只大雕直扑下来，叼起他，把他扔到了一个孤岛上。

青年难过极了，心想："难道这就是老人所说的那个令人懊悔终生的惩罚吗？"然而，没过几天，青年才知道自己的想法错了，因为好运降临了。

海上来了一条豪华的大船，船上坐着十几个貌若天仙的少女。她们下了船，径直向青年走来，簇拥着青年登上了宝船。

其中一个少女激动地说："我可爱的帅小伙，你即将成为女王的新郎。"

　　不久，青年便坐着大船来到了一座犹如仙境般的小岛上。在通往皇宫的路两边，全是身披铠甲的士兵，他们威武庄严，盛气凌人。

　　不一会儿，从远处走来一位头戴皇冠，脸蒙黑纱的少女。青年见状，知道是女王驾临，赶紧低头跪下向女王行礼。

　　女王用手中的剑托起青年的下巴，满意地点点头，说："来吧，我的帅小伙，跟着我一起去享受荣华富贵吧。"说着，女王牵起青年的手，步入了皇宫。后来，女王去掉了面纱，青年发现女王非常美丽。

　　女王对他说："年轻人，欢迎你来到我的国家，在这里除了你之外，没有一个男子。我的臣民虽然都是女性，但她们履行着和男人一样的使命。她们下田干活，修建道路，处理朝政。就连刚才你看到的士兵，也同样都是女子。"青年听了，

目瞪口呆，原来自己来到了一个女儿国。

女王挥了挥手，对旁边的女丞相说："快去找法官和证人来，我要和这位年轻人结为夫妇。"

不一会儿，女法官和女证人都来了。女王庄重地对青年说："年轻人，你愿意嫁给我，成为我的丈夫吗？"

幸福来得太快，青年一时没准备好。他诚惶诚恐地看了看四周，说："我尊贵的女王，我只是一个庸庸碌碌的俗人，怎么能和至高无上的您结为夫妻呢？看看您的那些仆人，再看看我，我连他们都不如啊。"

女王听了，笑了笑，说："我想这一切都是安拉的安排。虽然现在你看起来不如我的仆人们，但是等你成为我的丈夫后，她们都将跟在你的身后，听你差遣。你可以去王国的任何一个地方，使

用王国里的任何一件东西，唯独一样东西你不许碰，永远也不许碰。"说着，女王指了指身后的一扇门说："那扇门，看到了吗？如果你打开了那扇门，你将后悔终生。"

青年看了看那扇门，点了点头。最后，青年和女王结成了夫妻。就这样，他们相亲相爱，幸福地度过了七年。七年中，因为仆人们的吹捧，青年开始慢慢变得骄横起来。

有一天，青年看着那扇门，强烈的好奇心再一次战胜了他的理智。他走到门前，自言自语："这该死的门后面到底藏着什么东西，难道就是身为女王丈夫的我也不许看吗？"青年越来越想知道门后面藏着什么东西。最后在好奇心的驱使下，青年终于打开了房门。结果他大吃一惊，里面躺着的竟然是那只带他来孤岛的大雕。

大雕见了他，用低沉的语气说："唉，你这个不听忠告的倒霉蛋，看来你的福气已经到尽头了，还是让我带你回家吧。"说完，大雕一把抓住青年，飞上了天，最后把他扔回到当初那片偏僻的海湾。

此时，青年后悔极了，因为他再也没有享用不尽的荣华富贵了，再也不能对那些忠实的仆人们发号施令了。

望着无边无际的大海，青年发起呆来，背后似乎有个声音在不断地说："拥有时不知道珍惜，现在后悔已经晚了。"

最后，青年失魂落魄地回到了当年那座老人们居住过的屋子里。他整天苦恼不堪，伤心欲绝，眼眶里充满了悔恨的泪水。现在，他终于明白老人们为什么那么痛苦了。就这样，青年在孤独和懊悔的折磨中渐渐老去，直到离开人世。

狐狸的悲伤

在一个村庄旁的森林里面，住着两只兔子和一只狐狸。它们经常被猎人追捕，过着提心吊胆的生活。

有一天，狐狸看见其中一只兔子正在草地上吃草，就走过去打招呼。兔子说："昨天我和哥哥在河边吃草，遇见了猎人。我好不容易才跑回来，可是到现在哥哥也没有回来。你最近怎么样？"

狐狸叹了口气说："唉，昨天猎人也发现了我。要不是我及时跳过小河，肯定被猎狗追上了。"

兔子红着眼睛说："可怜的我吃草都要东张西望，只能过一天算一天。"两只小动物同时叹着气，为自己的命运担心。

突然，狐狸想出了一个好主意："咱们结拜成兄弟，互相帮助，轮流站岗放哨，怎么样？"兔子点点头。

　　接下来的日子果然很不错，它们竟然躲过了猎人的几次追杀。可是，好景不长，狡猾的猎人还是找到了它们。猎人悄悄地靠上来，"嗖"的一箭，射中了站岗的兔子。

　　兔子临死前大叫："快跑，猎人来了！"狐狸惊醒了，拔腿就跑。猎人离开后，狐狸哭得像个泪人儿似的。

　　老柳树看见了，就问："兔子死了，你为什么哭呀？"

　　狐狸说："我和兔子都那么弱小，随时都可能被猎人追杀。我们结成兄弟，可以相互帮助，勉强能够多活几天。可现在兔子死了，我的性命也随时可能丢掉。"